In unvordenklicher Zeit wird die geheimnisvolle fahrende Sängerin und Zauberin Lythande gebeten, an den Hochzeitsfeierlichkeiten ihres Freundes, des jungen Fürsten Tashgan, teilzunehmen, des Herrn im Reich von Tschardain. Der Welt erscheint Lythande als machtvoller junger Zaubermeister. In Wirklichkeit ist sie eine mehrere Jahrhunderte alte Magierin, die in dieser Verwandlung auftritt. Dieses Geheimnis gilt es unter allen Umständen zu bewahren, da Lythande sonst ihrer Zaubermacht verlustig gehen würde.
Sobald sie die Burg von Tschardain betritt und den jungen Fürsten wieder sieht und seine bildschöne Braut, Prinzessin Samt von Valantia, kennen lernt, spürt Lythande sofort, dass ihr hier eine dunkle Gefahr droht. Und als Tashgan sie bittet, sein Kämpe bei den für einige Tage später anberaumten Hochzeitsfeierlichkeiten zu sein, weiß sie, dass diesmal ihr tiefstes Geheimnis auf dem Spiel steht. Schon sieht sie sich gefangen in undurchschaubaren Hofintrigen; obskure Gestalten und schwarze Magie bedrohen ihre eigene Zauberkraft. Selbst die reizende Prinzessin Samt ist nicht das, was sie zu sein scheint.
Unter Anspannung all ihrer magischen Kräfte stellt sich Lythande schließlich dem Ritual des Turniers, um im Vertrauen auf die Freundschaft, die sie an diesem Ort ebenfalls findet, die Gegnerschaft ihrer Feinde zu überwinden.

Marion Zimmer Bradley wurde 1930 in Albany im Staate New York geboren und starb am 25. September 1999 in Berkeley, Kalifornien. Internationale Berühmtheit erlangte sie mit ihren Sciencefiction- und Fantasy-Romanen. Zu ihren bekanntesten Werken zählt die Roman-Trilogie um den König-Artus-Mythos: ›Die Wälder von Albion‹, ›Die Herrin von Avalon‹ und ›Die Nebel von Avalon‹.

Die lieferbaren Titel von Marion Zimmer Bradley im Fischer Taschenbuch Verlag finden Sie in einer Anzeige am Ende dieses Bandes.

Unsere Adresse im Internet: www.fischer-tb.de

Marion Zimmer Bradley

Der Zauber von Tschardain

Aus dem Amerikanischen von
Verena C. Harksen

Fischer Taschenbuch Verlag

Deutsche Erstausgabe
Veröffentlicht im Fischer Taschenbuch Verlag GmbH,
Frankfurt am Main, Oktober 2000

Die amerikanische Originalausgabe erschien 1997
unter dem Titel ›The Gratitude of Kings‹
bei ROC/Penguin Putnam Inc., New York

Satz: Pinkuin Satz und Datentechnik, Berlin
Druck und Bindung: Clausen & Bosse, Leck
Printed in Germany
ISBN 3-596-14290-3

Für meine Tochter Moira
und meinen Enkel Robert Jeffrey

Lythande, geweihte des Blauen Sterns, Söldnerzauberin und fahrende Sängerin, betrat in Begleitung von vier Wachsoldaten den Innenhof der königlichen Burg von Tschardain. Weitere zwölf Männer hatten die Reisegruppe bereits im äußeren Hof verlassen. Eine recht beachtliche Eskorte für eine einzige Magierin, die zu ihrer Sicherheit eigentlich überhaupt keine Wächter brauchte. Aber Lythande wusste, dass der Gebieter der Krieger große Gesten liebte, vor allem, wenn andere die damit verbundene Arbeit erledigten. Zweifellos genoss er es, einen so umfangreichen Trupp auszusenden, nur um einem Zauberer das Ehrengeleit zu geben. Ritterlichkeit war freilich nicht sein Motiv, denn die Tatsache, eine Frau zu sein, hütete Lythande als tiefstes Geheimnis; in ihm ruhten ihre magischen Kräfte. Ab und zu hatte sie sogar getötet, um dieses Geheimnis zu wahren, denn entlarvte man sie je in Gegenwart eines Mannes als Frau, so würde sie die Macht des Blauen Sterns verlieren und sterben.

Tatsächlich wusste Lythande nicht recht, ob sie überhaupt den Wunsch hatte, jetzt hier zu sein. Der Hauptmann der Eskorte, der sie abholen sollte, hatte ihr mitgeteilt, dass sein Gebieter, Fürst Tashgan, ihr außerordentlich dankbar wäre, falls sie die Einladung zu seiner Krönungsfeier annahm. Lythande verfügte allerdings aus den vielen Jahrhunderten ihres Daseins über einige Erfahrung mit der »Dankbarkeit« von Königen. Zehn Jahre zuvor hatte sie schon einmal kurz mit Tashgan zu tun gehabt. Damals waren seine beiden älteren Brüder gestorben und hatten ihn als einzigen Erben zurückgelassen. In jener Zeit kannte man ihn als Tashgan, den fahrenden Sänger, der jedes Jahr vom Hof seines Vaters nach Nordwander und wieder zurück zog. Dabei hielt er überall Trinkgelage und stellte den Frauen nach. Seine Fahrten unternahm er indessen nicht ganz freiwillig; ein Zauber, mit dem die Hofmagierin auf Ersuchen seiner Brüder seine Laute belegt hatte, zwang ihn auf einen bestimmten Weg und regelte die Dauer seines Aufenthaltes in kleinen und großen Städten. Seine älteren Brüder hatten dabei sichergestellt, dass er nicht lange genug an einem Ort bleiben konnte, um dort Verbündete zu sammeln und eine Verschwörung gegen sie anzuzetteln. Der Zauberspruch hatte ihn indessen in erhebliche Bedrängnis gebracht, als er nach dem Tod seiner Brüder Thronfolger geworden war. Darum hatte Lythande die Laute mit ihm getauscht und es ihm so ermöglicht, in das Königreich heimzukehren, das er erben sollte. Soweit sie wusste, war Tashgan mit diesem Tausch zufrieden.

Lythande war neugierig, wie die Sesshaftigkeit Tashgan verändert hatte. Die Soldaten der Eskorte hatten ihr nur erzählt, dass sein Vater jetzt endlich gestorben sei und Tashgan ihre Dienste benötige. Die Begleitung war ihr sehr willkommen. Es reiste sich angenehmer, wenn andere sich damit abplagten, die

Lagerplätze zu bereiten oder in den Herbergen die Rechnung zu bezahlen.
Die Reise hinauf ins Gebirge von Tschardain erwies sich als überraschend mühelos. Dass ein Teil der Soldaten ungeheure Angst vor Lythande – oder vielleicht vor Magiern überhaupt – zu haben schien, war das einzige größere Problem. Das Wetter war mild für Frühwinter, die Herbergen waren behaglich und lagen für eine bequeme Reise dicht genug beieinander, und die Straßen befanden sich in gutem Zustand. Dennoch staunte Lythande, als sie sich der Burg näherten und sie auf einer ebenen Felsplatte unterhalb der Festungsmauern eine Art Jahrmarkt von beachtlicher Größe erblickte, der gerade aufgebaut wurde. Sie wollte eben die Wachen danach fragen, als der Hauptmann hastig erklärte, das sei nur der Handelsmarkt, der jedes Jahr stattfinde und erst am nächsten Morgen beginnen würde, der Zaubermeister brauche sich darum nicht zu bekümmern, und im Übrigen warte Fürst Tashgan bereits auf ihn, wenn es also dem ehrenwerten Magier beliebe, ihm zu folgen …
Lythande hegte den Verdacht, dass der arme Mann sie am liebsten an den Haaren in die Burg geschleift hätte, wäre er nur mutig genug dazu gewesen.
Der Innenhof der Burg wimmelte von emsig arbeitenden Menschen, die mit den Vorbereitungen zu Tashgans Krönung zum Hochkönig von Tschardain beschäftigt waren. Der Lärm war unglaublich, die Luft mit Rauch und Staub erfüllt – und plötzlich zuckte ein kobaltblauer Feuerblitz. Der Wachsoldat

an Lythandes linker Seite, ein junger Mann, der sich schon auf der ganzen Reise nervös gezeigt hatte, schnappte nach Luft und duckte sich, als das Feuer unmittelbar über seinen Kopf und senkrecht auf Lythandes Schulter zusauste.

Ihr Mantel war flammensicher, das beunruhigte Lythande nicht. Aber es war ihr unangenehm, den Kopf verdrehen zu müssen, um mit dem Wesen auf ihrer Schulter zu sprechen; der Blickwinkel war so eng. Sie murmelte einen Zauberspruch, um ihre Haut feuerfest zu machen, und hob dann ruhig den Arm. Der Salamander landete auf ihrem linken Handgelenk, sodass sie ihn vor sich halten konnte. Dass sie ihn sogleich erkennen würde, hatte sie bereits geahnt.

Die meisten Menschen hätten nur eine Feuerkugel oder bei genauem Hinsehen einen von Flammen umzüngelten Miniaturdrachen ausgemacht. Lythande hatte jedoch in ihrer langen Laufbahn oft mit Elementarwesen zu tun gehabt. Sie kannte ihre Unterschiede so gut wie ihre Ähnlichkeiten.

»Sei mir gegrüßt, Essenz des Feuers«, hob sie in feierlichem Ton an. Die Wachen schauten erschrocken zu, und der Nervöse fuhr zurück und starrte sie mit weit aufgerissenen Augen an. Lythande beachtete die Männer nicht und hob den Salamander so hoch, dass sie einander in die Augen sehen konnten. »Ist Eirthe hier, Alnath?«, fragte sie.

Sofort schoss der Salamander wieder in die Luft und bahnte einen Weg durch die Menge. Lythande folgte ihm, ohne sich um die beiden Wachen zu kümmern, die ihr nacheilten.

Die Flammenspur führte zu einer mit Seilen abgetrennten Werkstatt an einer Seite des Burghofs. Alnath tauchte in das niedrig brennende Feuer unter einem großen Kessel mit heißem, blauem Wachs. Die dunkelhaarige Frau, die sich über den Kessel beugte, schenkte dem Salamander kaum einen Blick, während sie sorgfältig eine Reihe schlanker Kerzen, die an einer hölzernen Stange hingen, in den Kessel versenkte, wieder hinaushob und auf ein Gestell setzte, damit die neue Wachsschicht trocknen konnte. Dann schaute sie auf, begegnete Lythandes Blick und lächelte.

»Lythande! Sie haben dich also gefunden.«

»Wie du siehst«, erwiderte diese. Eirthe Wachszieherin war seit mehr als zehn Jahren ihre Freundin und gehörte zu den wenigen Frauen, die von Lythandes Geheimnis wussten. Obwohl diejenigen, die Lythande gekannt hatten, bevor sie eine Geweihte geworden war, längst nicht mehr unter den Lebenden weilten, entdeckte doch von Zeit zu Zeit eine Frau ihre wahre Natur. Solange Lythande sich darauf verlassen konnte, dass die andere sie nicht verriet – und solange keiner ihrer Feinde auf den Gedanken kam, die betreffende Frau wisse etwas, das eine Folter lohne –, konnte Lythande sie als Freundin behalten. Solche Freundschaften blieben notwendigerweise rar, und die Beziehung zu Eirthe war für Lythande besonders wertvoll.

Eirthe musste mittlerweile Mitte der Dreißig sein, wirkte jedoch immer noch wie ein Mädchen von Zwanzig, bis auf ihre Hände, die vom jahrelangen Umgang mit heißem Wachs, Feuer und Alnath vernarbt und verbrannt waren.

»Was führt dich hierher, Eirthe?«, fragte Lythande. »So weit weg von zu Hause?«

»Das Begräbnis, die Krönung, die Hochzeit und der Handelsmarkt – nicht unbedingt in dieser Reihenfolge«, antwortete Eirthe kurz, ergriff eine neue Reihe Kerzen und tauchte sie in das geschmolzene Wachs.

»Ich habe gesehen, wie der Jahrmarkt aufgebaut wird«, meinte Lythande, »aber ich kenne den Grund nicht, warum er stattfindet. Ist der Ort nicht ein bisschen sehr abgelegen für einen Handelsmarkt?« Tschardain lag versteckt in einer gebirgigen Gegend, weit südlich der stärker bevölkerten Landstriche des Erdteils.

»Der Markt wurde auf Veranlassung von Fürst Tashgan eingerichtet, um Handel und Gewerbe in seinem Königreich zu beleben«, erläuterte Eirthe. »Ein Jahr, nachdem er hierher zurückkam, hat er ihn zum ersten Mal veranstaltet und viele von uns aus Alt-Gandrin dazu eingeladen.« Sie lächelte liebevoll. »Ich glaube, er hat uns vermisst, nachdem er nicht mehr jedes Frühjahr auf unseren Markt dort kam, darum holte er uns hierher. Ein paar von uns bleiben bis in die Julzeit; Tashgan ist ein großzügiger Gastgeber. Ich bin in der Regel auch eine Weile hier – schließlich habe ich keine Familie, mit der ich diese

Zeit sonst verbringen könnte.« Einen Augenblick sah sie traurig aus und schien dann ihre Gedanken wieder zum Geschäftlichen zurückzuzwingen. »Dieser Markt ist sogar recht einträglich; Tashgan hält ihn in der Woche vor dem Julfest ab, die beste Gelegenheit für die Leute, Geschenke zu kaufen. Außerdem gibt es einen Pass über das Gebirge im Osten zwischen Tschardain und Valantia. Valantia ist der Haupthandelsort für alle Waren auf der anderen Seite der Berge. Von dort kommt auch Tashgans Braut.«

»Soso ... Tashgan heiratet. Wie interessant.« Lythande versuchte mühsam, ihrer Miene einen ernsten und würdevollen Ausdruck zu verleihen. Eirthe versuchte es erst gar nicht. Sie grinste bloß. »Nun ja, er braucht einen Erben – er ist der Letzte seines Hauses. Du solltest dir schon einmal die passende Musik zur Hochzeit überlegen; sie soll in einer Woche gefeiert werden.«

»Hat er mich *darum* den ganzen weiten Weg hierher geholt?« Nach einem jahrhundertelangen Leben voller Abenteuer gab es weniges, das Lythande ernstlich überraschte, aber ihr schien, dass Tashgan doch sicher einen fahrenden Sänger aus der Nähe hätte finden können. Tatsächlich hielt er sich selber für einen beachtlichen Musiker – jedenfalls damals, als Lythande ihn zuletzt gesehen hatte –, sodass er bestimmt mindestens einen Minnesänger an seinem Hof hielt. »Ich denke, ich sollte jetzt hingehen, ihm meine Aufwartung machen und dich nicht länger von der Arbeit abhalten.«

»Es stimmt, dass ich noch eine Menge zu tun habe«, gab Eirthe zu. »Ich komme zwar immer sehr frühzeitig zum Markt, damit mir viel Zeit bleibt, meine Kerzen hier herzustellen und sie nicht transportieren zu müssen, aber ich hatte nicht mit dem Begräbnis und den weiteren Ereignissen gerechnet.« Sie nahm eine neue Kerzenreihe auf. »Wir sehen uns später noch.«

»SEID WILLKOMMEN AN meinem Hof, Zaubermeister«, sagte Tashgan und lächelte ihn strahlend an. Dem Ton seiner Stimme nach hätte man Lythande für seinen ältesten und besten Freund halten können.

Der Blaue Stern zwischen Lythandes Brauen prickelte. Schon beim Eintreten in die Halle hatte sie gespürt, dass hier ein Zauber waltete. Was konnte es sein?

Tashgan thronte auf einem kunstvoll geschnitzten Holzsessel auf einem gemauerten Podium am Ende der großen Halle. Hinter ihm im Kamin loderte ein Feuer, und weitere große Feuer brannten in den Seitenkaminen, sodass es im Raum angenehm warm war – oder zumindest so warm, wie Räume in einer steinernen Burg überhaupt sein können.

Neben Tashgan befanden sich außerdem zwei Frauen auf dem Podium. Die Jüngere saß auf einem kaum weniger reich verzierten Sessel zu seiner Rechten. Sie hatte lange tiefschwarze Haare, die sich an den Spitzen lockten, und saphirblaue Augen; ihr Gesicht wirkte wie aus Marmor oder Alabaster gemeißelt, nur ihre Wangen überzog ein rosiger Hauch. Die Züge waren so vollkommen, dass man ihre Schönheit mit Fug und Recht als nicht mehr menschlich bezeichnen konnte. Sie wirkte wie eine wundervoll geformte Puppe.

Von ihr schweifte Lythandes Blick zu einer weit älteren, dick und plump wirkenden Frau auf einem Hocker neben dem Mädchen. Ihr schwerer Leib war in verhüllende, dunkle Gewänder gehüllt, und sie hatte dünne, zusammengepresste Lippen und einen mürrischen Gesichtsausdruck. Lythande empfand sofort eine tiefe Abneigung. Wer war das?
Tashgan hatte inzwischen den Lederkasten auf Lythandes Rücken gemustert. »Ist das eine neue Laute? Ihr müsst nach der Abendmahlzeit für uns spielen.«
Lythande stimmte mit einer wortlosen Verbeugung zu. Sie spielte immer gern; die Musik war ihre erste Liebe gewesen, lange bevor sie mit der Magie vertraut geworden war, und sie spielte noch immer eine große Rolle in ihrem Leben. Außerdem barg die Ausübung von Musik bei weitem nicht soviel Gefahren wie die Zauberei.
»In der Tat ist die Musik ein für einen Mann weit besser geeigneter Beruf als die Magie«, bemerkte die ältere Frau auf dem Podium bissig.
Wieder lächelte Tashgan, aber mit der Miene eines Menschen, der versucht, höflich zu bleiben, während er einer Behauptung lauscht, die er schon allzu oft gehört hat. »Ich bin überzeugt, dass Lythande Eure Ansichten über Männer und Magie ändern wird, Herrin«, meinte er und wandte sich dann wieder an die Zauberin.
»Erlaubt mir, Euch meiner Braut vorzustellen, Prinzessin Samt von Valantia.« Lythande verneigte sich vor der Prinzessin, die mit einem etwas steifen Ni-

cken antwortete. »Und das ist ihre Hofdame, die edle Frau Mirwen.«
Wieder verbeugte sich Lythande, diesmal etwas weniger tief, während die Herrin Mirwen nur die Nase rümpfte und sich abwandte. Offenbar liegt der Hofdame nicht an meiner Bekanntschaft, dachte Lythande. Prinzessin Samt scheint lediglich schüchtern zu sein. Wie kommt sie zu dieser Heirat? Hat Tashgan sie wegen ihres Namens ausgesucht? Er hatte immer eine Schwäche für feine Stoffe.
Tashgan blickte Frau Mirwen an und fuhr fort: »Lythande wird mein Kämpe bei den Hochzeitsspielen sein.«
Die Hofdame schnappte empört nach Luft. »Das ist völlig unmöglich! Ein Mann kann keinen Zauber wirken – schon gar nicht bei solch einem Anlass, wo so viel auf dem Spiel steht. Nur Frauen verfügen über das erforderliche Fingerspitzengefühl und den nötigen Zartsinn.«
Zartsinn?, dachte Lythande mit einem Anflug von Belustigung. Diese Frau würde keinen Zartsinn erkennen, wenn er leibhaftig vor ihr erscheinen würde.
»Edle Frau Mirwen«, erklärte jetzt Tashgan mit fester Stimme. »Das hier ist mein Land, nicht Eures. Ich bin bereit, mich Euren Sitten so weit anzupassen, dass ich Eure Rituale in meine Hochzeitsfeierlichkeiten einbeziehe, aber die Wahl des Kämpen liegt bei mir, und ich werde mich dabei Euren Bräuchen nicht unterwerfen. Ich kenne mich mit Magie-

rinnen aus – in meiner Jugend hatte mein Vater eine Frau als Hofzauberin –, und ich kenne Lythande. Ich wähle Lythande.«

»Mein Fürst?«, murmelte Prinzessin Samt leise.

Tashgan schenkte ihr ein nachsichtiges Lächeln. »Ja, Herrin?«

»Was wurde aus der Hofzauberin Eures Vaters? Habt Ihr sie fortgeschickt, als Ihr den Thron bestiegt?«

Tashgan schüttelte den Kopf. »Gewiss nicht. Ellifanwy war im Rahmen ihrer Möglichkeiten äußerst geschickt. Leider überschritt sie die Grenzen ihres Könnens. Sie fand vor Jahren, lange, bevor ich an den Hof zurückkehrte, den Tod in der Höhle eines Werdrachens.«

»Und was hieltet Ihr für den Rahmen ihrer Möglichkeiten?«, erkundigte Frau Mirwen sich mit scharfer Stimme. »Liebeszauber?« Ihrem Tonfall nach schien sie keinen Grund zu sehen, dem zukünftigen Gatten ihres Schützlings auch nur mit Höflichkeit zu begegnen.

Wieder prickelte der Blaue Stern. Diese Frau, wurde Lythande klar, besaß Magie, soviel stand fest. Aber irgendetwas stimmte hier nicht, stimmte ganz und gar nicht. Diese Heirat war mehr – oder vielleicht weniger –, als sie schien.

Tashgan blieb einen Augenblick sprachlos, was, fand Lythande, nur gut war, denn Liebeszauber waren tatsächlich das, was er für den Gipfel von Ellifanwys Kunst gehalten hatte. Aber Lythande hatte die Magierin auch gekannt, und wenn diese auch nicht entfernt mit ihr selbst vergleichbar war, waren ihre Fähigkeiten auf einigen Gebieten doch beachtlich gewesen.

»Sie war«, begann Lythande, bevor Tashgan sich so weit erholt hatte, dass er den Mund öffnen und irgendetwas Unpassendes heraussprudeln konnte, »berühmt für ihre Bindezauber. Was sie band, blieb gebunden.« Wie Tashgans Laute.

»Selbst über ihren Tod hinaus.« Tashgan nickte. »Weilte sie noch unter uns, Frau Mirwen, hätte ich sie vielleicht zu Eurer Gegnerin gewählt; doch wie gesagt, leider lebt sie nicht mehr. Und da Ihr am Talent eines Mannes für derlei Dinge zu zweifeln scheint, fürchtet Ihr Euch gewiss nicht, Euch mit Lythande zu messen.«

»Allerdings nicht!«, fauchte Mirwen.

»Bevor ich meinerseits einwillige«, erklärte Lythande in sanftem Ton, »hätte vielleicht jemand die Güte, mir zu erklären, um was es eigentlich geht. ›Hochzeitsspiele‹ können alles sein – von mit Leben erfülltem Zuckerwerk beim Bankett bis zu einem magischen Duell auf Leben und Tod, obgleich etwas so Drastisches zweifellos die festliche Stimmung beeinträchtigen würde.«

»Ist das nicht typisch Mann?«, bemerkte Mirwen. »Ständig denken sie an den Tod.«

Ihr gebt mir solche Gedanken ein, Herrin, dachte Lythande spöttisch, sagte jedoch nichts.

Prinzessin Samt holte tief Atem und gab Antwort.

»Es handelt sich um einen Geschicklichkeitswettbewerb, Zaubermeister. Die beiden Zauberinnen, äh, Zauberer wetteifern darum, wer die phantastischsten und prächtigsten Illusionen erschaffen kann.« Sie warf Lythande einen nervösen Blick zu und fuhr fort: »In Valantia sind es im Allgemeinen Frauen, die sich mit dieser Form der Zauberkunst befassen, aber ich glaube nicht, dass es einem Mann verboten ist, das Gleiche zu tun – wenn er möchte, meine ich.« Sie schaute unruhig zu Frau Mirwen und dann zu Prinz Tashgan hinüber. Er lächelte verliebt und griff nach ihrer Hand.

»Habt Ihr schon viele solcher Wettstreite gesehen, Prinzessin?«, fragte Lythande.

Samt nickte. »Ich besitze neun ältere Schwestern und habe an allen ihren Hochzeiten teilgenommen.«

»Die phantastischsten und prächtigsten Illusionen«, sann Lythande laut vor sich hin. »Und wer trifft die Entscheidung darüber?«

»Die Hochzeitsgäste«, erwiderte Samt. »Alle außer Braut und Bräutigam.«

»Weil diese beiden vermutlich andere Dinge im Kopf haben?«, erkundigte Lythande sich lächelnd.

Samt errötete und blickte auf ihren Schoß. Tashgan lachte.

»Nun gut, Fürst Tashgan«, erklärte Lythande. »Ich will Euch als Kämpe bei Euren Hochzeitsspielen dienen.«

»Ausgezeichnet.« Tashgan war entzückt. »Ich bin Euch sehr zu Dank verpflichtet. Ich weiß, dass Ihr mein Hochzeitsfest zu einem Ereignis machen werdet, an das man sich in meinem Reich lange erinnern wird.«

Irgendwie bin ich da ganz sicher, dachte Lythande, auch wenn es vielleicht nicht so geschehen wird, wie wir es jetzt erwarten. Ich habe ein sonderbares Gefühl bei der Sache.

»Mein Kämmerer soll Euch nun in Eure Gemächer begleiten«, fuhr Tashgan fort und hob die Hand, um den Mann herbeizuwinken. »Wir haben Euch neben Eirthe Wachszieherin untergebracht – soweit ich mich erinnere, seid Ihr gute Freunde.«

Dem Grinsen auf seinem Gesicht nach hatte er völlig falsche Vorstellungen darüber, was für eine Art von Freunde Lythande und Eirthe waren, ein Eindruck, den er auch allen Anwesenden weitergab. Aber Lythande bezweifelte nicht, dass Eirthe selbst für ihren Ruf sorgen konnte. Außerdem hatte sie den Verdacht, Tashgan wolle ihr damit auch zeigen, dass er bereits wusste, dass sie zuerst mit Eirthe gesprochen hatte, bevor sie zu ihm kam.

»Wie Eure Hoheit meinen«, entgegnete sie mit einer Verbeugung und wandte sich dann ab, um dem Kämmerer zu folgen. Sie hatte ohnehin vorgehabt, mit Eirthe ein langes Gespräch zu führen. Sicher konnte die Jüngere ihr eine Menge über die Lage der Dinge hier erzählen.

Lythande fand ihre Gemächer in der Tat üppig ausgestattet; anscheinend wollte ihr Tashgan seine Dankbarkeit mit mehr als bloßen Worten beweisen. Eirthes Räume lagen nebenan, aber die Wachszieherin befand sich nicht dort, selbst nach dem Abendessen nicht, als es draußen dunkel war. Lythande runzelte nachdenklich die Stirn und ging hinaus in den inneren Burghof.

Eirthe tauchte immer noch Kerzen, eine Stange nach der anderen, in geschmeidigem, unablässigem Rhythmus. Sie hatte offenbar einen neuen Topf Wachs geschmolzen, denn diese Serie war goldfarben statt blau. Licht zum Arbeiten gab es mehr als genug; acht von Cadmons Kelchen, jeder mit einer Feuerkugel darin, standen im Kreis um sie herum.

Cadmon und Eirthe hatten zusammen gearbeitet, bis Cadmon starb; auf beiden hatten Flüche gelegen, die sich gegenseitig außer Kraft setzten. Bis Eirthe es mit Hilfe von Lythande geschafft hatte, sich von ihrem Fluch zu befreien, wollte in ihrer Nähe nichts brennen, und auch keine von ihr geschaffene Kerze brannte. Cadmon war Glasbläser, aber alles Brennbare, das man in eines seiner Gläser tat, verzehrte sich im selben Augenblick. Alles, was sonst *nicht* brennbar war, brannte dagegen mit der normalen Geschwindigkeit gewöhnlichen Brennstoffs. Zusammengenommen ergaben seine Glaswaren und Eirthes Kerzen ausgezeichnete Lampen.

Alnaths Lieblingsplatz war ein Gefäß, das Cadmon ursprünglich als Goldfischglas vorgesehen hatte. Jeder Fisch, den man hineinsetzte, wäre zu Asche verbrannt, bevor man ihn hätte hinauskippen können, aber für einen Salamander war es der ideale Aufenthaltsort. Im Augenblick jedoch lag Alnath im Feuer unter dem Kessel, wo sie sich, wie Lythande wusste, in der Regel aufhielt, wenn Eirthe arbeitete.

Lythande ging zwischen zwei Kelchen hindurch und zog die Stirn in Falten, als sie das schwache Aufflackern eines sehr einfachen Schutzzaubers spürte. »Was geht hier vor, Eirthe?«, fragte sie.

Ihre Freundin, die gerade die Stangen austauschte, sah auf. »Wenn du den Schutzzauber meinst – er soll die Leute davor bewahren, sich zu verbrennen. Mit den Salamandern, dem Feuer und dem tropfenden Wachs ist dieser Ort für Unachtsame recht gefährlich. Und Tashgan neigt nun einmal dazu, seine Dienerschaft nach dem Aussehen und nicht nach dem Verstand auszusuchen.«

»Das ist wohl wahr«, bestätigte Lythande. Dann wurde ihr klar, was Eirthe gerade gesagt hatte. »*Den* Salamandern?« Sie warf einen genaueren Blick auf die Kelche ringsum. »Süße Königin des Lebens, wo kommen die denn alle her?«

»Alnath hatte letztes Jahr Junge«, teilte Eirthe mit. »Sie kommt ungefähr alle sechs Jahre in Hitze – das soll kein Witz sein –, aber letztes Jahr war dabei

zum ersten Mal ein anderer Salamander in der Nähe.«
»Und woran erkennt man, dass eine Salamanderin heiß ist?«, fragte Lythande mit ehrlicher Neugier. Alnath war der einzige Salamander, mit dem sie je länger zusammen gewesen war, und das Einzige, was sie bei ihrem Studium der Magie über das Thema gelernt hatte, war, dass Salamander die Elementarwesen des Feuers waren und als unberechenbar und gefährlich galten. Aber natürlich traf das für alle Elementarwesen zu, und das Gleiche galt für die Elemente, für die sie standen.
Eirthe lachte. »Ich fühle es durch meine Verbindung zu ihr. Sie macht mich unruhig und reizbar; als sie sich dann wirklich paarte, habe ich mich zwei Wochen lang nicht in die Nähe anderer Menschen getraut. Außerdem scheint sie einen Duft oder etwas Ähnliches auszuströmen, denn Cadmon musste immer niesen, wenn sie in Hitze kam. Es war wirklich lästig; die Hitze kommt nicht so regelmäßig, dass man sie vorhersagen kann, und er konnte kein Glas blasen, wenn er nieste. Nach dem ersten Mal ging ich immer mit ihr aufs Land, damit wir nicht unter Leute mussten, aber es war trotzdem eine echte Geschäftsstörung.«
»Das kann ich mir vorstellen. Dafür geben sie dir jedenfalls jetzt genug Licht zum Arbeiten. Aber warum bist du so spät noch tätig?«
Eirthe seufzte und rieb sich den Rücken. »Morgen Mittag beginnt der Handelsmarkt. Die Hälfte von

dem, was ich dabei verkaufen wollte, wurde schon für das Begräbnis verbraucht, und dann finden ja noch die Krönung und die Hochzeit statt.«

»Kann ich dir helfen?«, fragte Lythande. Sie wollte mit Eirthe sprechen, und hier würde man sie wahrscheinlich nicht stören.

»Hast du denn schon einmal Kerzen getaucht?«

»Hab ich sogar.«

Eirthe hob skeptisch die Brauen. »In den letzten hundert Jahren?«

»Eher zweihundert«, räumte Lythande ein. »Aber ich denke, ich bin schon noch in der Lage, einfache Wachslichter herzustellen.«

Eirthe stand auf und wies auf die nächste Stange. »Also gut. Versuch es.«

Lythande ergriff die Stange an beiden Enden, hielt sie über den Kessel und tauchte mit einer fließenden Bewegung die Kerzen genauso tief in das Wachs, wie Eirthe es getan hatte. Ohne innezuhalten zog sie sie dann senkrecht heraus und hielt sie über den Topf. Die frische Wachsschicht lief an den Seiten herunter und tropfte am Fuß ab. Als das schlimmste Tropfen aufgehört hatte, hängte sie die Stange wieder in das Gestell, nahm die nächste und wiederholte den Vorgang.

»Nicht schlecht«, stellte Eirthe fest. »Wenn du diese Serie fertig machst, könnte ich schon mit den Schmuckkerzen für das Hochzeitsbankett anfangen.« Sie grinste und fügte hinzu: »Wir können uns beim Arbeiten weiter unterhalten. Trotz des Klatsches oben in der Halle glaube ich nämlich nicht, dass du mich nur meiner schönen braunen Augen wegen aufgesucht hast.«

Lythande lachte sanft vor sich hin und fuhr fort, Kerzen zu tauchen. Die sich wiederholende Bewegung hatte etwas Beruhigendes, ähnlich dem Spiel von Fingerübungen auf ihrer Laute. »Du hast Recht, Eirthe. Ich finde, dass ich dem hiesigen Klatsch betrüblich hinterherhinke. Erzähl mir von dieser Heirat und davon, was du über die Beteiligten weißt.«

Eirthe zog sich einen Hocker ans Feuer, schleppte einen kleinen Arbeitstisch herbei und stellte ihn neben Lythande. Auf der einen Seite des Tischs lagen mehrere Blöcke reinweißen Wachses, aus deren Schmalseiten Dochte ragten, auf der anderen gab es ein schmales Tablett mit einer Anzahl feiner Silberwerkzeuge, die offenbar dazu dienten, das Wachs zu schnitzen. Eirthe nahm den ersten Block in die Hand und verwandelte ihn mit ein paar raschen Schnitten in die Gestalt eines Mannes mit langem Gewand und Krone.

»Fürst Tashgan kennst du: Er ist der dritte Sohn von Idriash, König und Herr von Tschardain. Tashgan erhielt eine Ausbildung als Minnesänger, im Huren und Saufen hat er sich selbst fortgebildet. Sein Vater war jahrzehntelang krank, der Kanzler führte das Reich. Das tut er immer noch, obwohl Tashgan, als er nach dem Tod seiner Brüder heimkehrte, ein gewisses Interesse an der Verwaltung seines zukünftigen Königreichs gezeigt hat. Nun, nachdem es ihm tatsächlich gehört, wird er wohl weiterhin den Großteil der Arbeit vom Kanzler erledigen lassen. Der Handelsmarkt ist ein gutes Beispiel dafür, wie die Dinge hier geregelt werden: Tashgan beschloss, er wolle einen eigenen Markt haben, und teilte es dem Kanzler mit; der sorgte dann dafür, dass alle Einzelheiten arrangiert wurden und Tashgan seinen Wunsch erfüllt bekam. Natürlich erzielt das Reich auch einen hübschen Gewinn damit, was wiederum den Kanzler glücklich macht.« Sie schnitzte ein gutes Abbild von Tashgan in das Wachs, stellte es dann exakt in die Mitte des Arbeitstisches und legte ihre Werkzeuge auf das Tablett an der Seite.

Lythande, die gerade eine neue Stange Kerzen fertig getaucht hatte, erstarrte vor Staunen, als Eirthe die Finger zu beiden Seiten der Kerzenfigur ausstreckte und leise vor sich hinzusingen begann. Ein Glühen strahlte auf und umgab das Wachs, und als Eirthe verstummte und die Hände sinken ließ, zeigte die Kerze das vollkommene Porträt Tashgans, von der Farbe seiner Haut, Haare und Augen bis zum Gold der Krone.

»Was tust du da?«, fragte Lythande verblüfft, während das Prickeln des Blauen Sterns auf ihrer Stirn die Frage schon beantwortete. »Ich wusste ja gar nicht, dass du zaubern kannst!«

Eirthe hob achselzuckend die Kerze hoch. »Anscheinend hatte ich immer schon ein Naturtalent dafür – Alnath ist bei mir, seit ich ein kleines Kind war. Nach dem ganzen Durcheinander mit dem Vulkan, als wir den Fluch abschüttelten, der auf mir lag, fand ich, dass ich mehr darüber erfahren müsste, bevor ich mich selbst oder sonst jemanden umbrachte. Also ging ich für ein paar Jahre an die Hohe Schule in Nordwander. Jetzt kann ich ein paar einfache Zaubersprüche und weiß sehr viel besser, wovon ich die Finger lassen muss, wenn ich keinen Ärger will.«

»Sehr vernünftig von dir«, erwiderte Lythande zustimmend. Sie erinnerte sich an das von Eirthe erwähnte Ereignis. Das »Durcheinander« mit dem Vulkan war entstanden, als dieser verlangt hatte, dass Lythande geopfert würde, damit er nicht ausbrach. Sie waren damals beide mit knapper Not entkommen. »Aber Wachsfiguren nach dem Bild lebender Menschen zu formen kann gefährlich sein.«

»Ich weiß.« Eirthe schloss eine Metalltruhe auf, die in einer entfernten Ecke der Werkstatt stand, und nahm ein kleines, mit Stroh gepolstertes Holzkästchen heraus. Sie legte die Tashgan-Kerze hinein, verschloss das Kästchen fest und sperrte die Truhe wieder zu. »Ich verwahre sie hinter Schloss und Riegel, mit mindestens drei Salamandern, die sie Tag und Nacht bewachen, und wenn sie beim Festmahl angezündet werden, sitze ich daneben. Es sind auch keine magischen Darstellungen der jeweiligen Personen, sie sehen nur aus wie sie. Die Ähnlichkeit ist jedoch nur oberflächlich, keine echte Übereinstimmung. Wäre es anders, könnte man sie nicht verbrennen, ohne den Menschen zu schaden, deren Bild sie tragen.«

»Weißt du das genau? Hast du es schon ausprobiert?«

»Ja, öfter«, versicherte Eirthe. »Ich habe zuerst eine Kerze von Alnath und dann mehrere von mir selbst angefertigt, bevor ich es mit Kerzen von anderen Leuten versuchte. Außerdem gebe ich sie in noch geformtem Zustand nicht her; sie werden immer vor meinen Augen verbrannt. Bisher ist niemand durch meine Kerzen zu Schaden gekommen, und so soll es auch bleiben.« Sie sprach mit grimmigem Unterton, und Lythande fiel ein, dass Eirthe sich einmal geweigert hatte, für einen Zauberer Kerzen herzustellen, der andere damit erpressen wollte. Es war diese Weigerung, die ihn veranlasst hatte, sie mit seinem *Kalten Fluch* zu belegen.

»Ich weiß, dass du sie nie dazu missbrauchen würdest, anderen Böses zuzufügen«, sagte Lythande besänftigend. »Aber wenn sie nicht zu magischen Zwecken dienen, warum wollen die Leute sie dann haben?«

»Eitelkeit«, versetzte Eirthe schlicht. »Es ist ein bisschen so, als ließe man sein Porträt malen, zeigt aber außerdem, dass man reich genug ist, die Arbeit zu bezahlen und das Ergebnis hinterher zerstören zu lassen.«

Lythande lachte. »Diese Sorte Eitelkeit kenne ich gut. Fahrende Sänger so gut wie Handwerker verdanken ihr ein Gutteil ihrer Einkünfte.«

»Sehr wahr.« Eirthe nickte bestätigend. Sie nahm einen zweiten schlichtweißen Block und fing an, die

Falten eines langen Kleides zu schnitzen. »Nachdem Tashgan nun König ist, braucht er eine Königin. Oder vielmehr Erben – rechtmäßige Erben –, und er wünscht sich natürlich eine nützliche Verbindung. Und so kommen wir zu Prinzessin Samt von Valantia. Sie ist das zwölfte von dreizehn Kindern, zehn davon Mädchen. Da Valantia und Tschardain gemeinsame Handelsinteressen haben, wird ihr Vater mit der Hochzeit eine weitere Tochter los und kann ihre Mitgift in Handelsbewilligungen anstatt in klingender Münze bezahlen.«

»Und was verspricht sich Tashgan davon?«, fragte Lythande. »Außer einer schönen Prinzessin natürlich?«

»Nun ... Valantias Haupterzeugnis ist Wein.«

Lythandes Lippen zuckten, während sie fortfuhr, in stetigem Rhythmus Kerzen zu tunken. »Ich bin sicher, dass das ein wichtiges Argument war.«

»Zumindest für Tashgan«, stimmte Eirthe zu. »Und der Kanzler ist ebenfalls einverstanden, also sollte der Heirat nichts im Wege stehen ...« Sie stockte und sagte mit unsicherer Stimme: »Lythande?«

Lythande setzte die letzten Lichter ab, die sie getaucht hatte, und trat zu ihr. Während sie mit ihrem Satz Kerzen beschäftigt gewesen war, hatte Eirthe eine weitere Bildkerze fertiggeschnitzt und hingestellt.

»Das ist nicht Prinzessin Samt«, meinte Lythande und betrachtete prüfend die neue Figur.

Eirthe kaute an ihrer Unterlippe, hob die Kerze hoch und drehte sie hin und her. »Aber sie sollte es sein«, antwortete sie. »Das ist mir noch nie vorgekommen. Werde ich vielleicht von einem fremden Zauber beeinflusst?«

Lythande holte tief Atem, packte den Griff des magischen Dolches, den sie unter ihrem Gewand trug, und ließ ihre Gedanken in die Weite schweifen. »Es gibt eine ganze Menge Magie in dieser Burg«, erklärte sie gleich darauf, »zu viel, als dass ich alles genau orten könnte, ohne mich vollständig in Trance zu versetzen. Aber die einfache Antwort ist: nein. Es gibt zur Zeit keinen Zauber, der sich auf deine Arbeit auswirkt, außer deinem eigenen.«

»Aber das würde bedeuten, dass Prinzessin Samt wirklich so aussieht …« Eirthe starrte Lythande mit großen Augen an. »O Herr und Herrin!«

»Beende den Zauber«, befahl Lythande energisch. »Füg die Farben hinzu.«

Eirthes Hände zitterten leicht, als sie die Figur wieder hinstellte und einen langen Augenblick schweigend betrachtete. In der Stille hörte Lythande die Stimmen der Wachen auf den Mauern des äußeren Burghofs, die Begrüßungen austauschten, und das leise Flüstern der Salamander, die sich im knisternden Feuer badeten. Dann legte Eirthe ihre wieder ruhiger gewordenen Hände um die Figur und begann einen Singsang. Als das Glühen erlosch, beugte Lythande sich vor und betrachtete gespannt das Wachsbild.

»Sie ist recht hübsch«, bemerkte Eirthe schließlich. »Sie hat ein freundliches Gesicht.«

»Und mittelbraunes Haar, hellgraue Augen und, meine ich, Sommersprossen.« Lythande richtete sich seufzend auf. »Kannst du dir vorstellen, was Tashgan sagen wird?«

»Nein. Meine Phantasie reicht nicht so weit.«

»Warum sollte jemand Prinzessin Samt verzaubern, damit sie anders aussieht?«, überlegte Lythande. »Wer würde so etwas tun? Und zu wessen Nutzen?«

»Tashgans«, erwiderte Eirthe. »Er liebt die Schönheit. Das hat Vor- und Nachteile für Samt.«

»Wie meinst du das?«

»Wahrscheinlich hat man ihr nicht die Wahl gelassen, ob sie ihn heiraten wollte«, erläuterte Eirthe. »Aber ihr Leben wird bei weitem angenehmer sein, wenn sie ihm gefällt. Er mag schöne Dinge, also ist er jetzt geneigt, sie gern zu haben. Wenn sie aber weiß, dass ihre Schönheit das Ergebnis eines Zaubers und nicht ihre wahre Erscheinung ist, dann weiß sie auch, dass das, was ihn anzieht, eine Täuschung ist – eine Lüge.« Sie zuckte die Achseln. »Ich kenne Samt nicht besonders gut, aber *mich* würde das sehr unglücklich machen.«

Wer ist hier in der Burg auf Illusionen spezialisiert?, fragte sich Lythande. Wo habe ich einen fremden Zauber gespürt? Plötzlich fiel es ihr ein.

»Frau Mirwen!«, rief sie aus. »Mach eine Kerze von ihr und erzähl mir, was du über sie weißt.«

»Eine solche Kerze müsste ein magisches Abbild sein, damit wir überhaupt etwas erfahren«, wandte

Eirthe ein. »Und ich mache keine magischen Abbilder.«
»Aber du weißt, wie es geht«, beharrte Lythande. »Wenn du willst, kannst du es. Ich will der Frau nichts Übles; ich muss nur mehr wissen. Du kannst die Kerze behalten und alle gewünschten Vorsichtsmaßnahmen treffen.«
»Also schön«, sagte Eirthe langsam. Sie klappte die Truhe wieder auf, legte die Kerze mit Samts Bild in ein Kästchen und vergrub sie in der untersten Schicht. Dann nahm sie den nächsten Wachsblock zur Hand und begann zu schnitzen.
Lythande stand daneben und sah ihr aufmerksam zu, ohne sich um das Prickeln des Blauen Sterns auf ihrer Stirn zu kümmern. Eirthe arbeitete konzentriert und mit zusammengezogenen Brauen, wobei sie etwas vor sich hinsummte, das Lythande nicht ganz verstehen konnte.
Als der Zauber beendet war, zeigte die Kerze eine Schimäre, Frau Mirwens Antlitz auf dem Leib einer ungeheuer dicken Spinne. Lythande schluckte.
Eirthe betrachtete bestürzt das Bild. »Oje«, seufzte sie.
»Ich denke, da haben wir unsere Hexenmeisterin«, sagte Lythande. »Irgendetwas an dieser Frau hat mich von Anfang an gestört, und du hast das Gefühl, das sie mir eingeflößt hat, ganz genau erfasst.«
»Und was tun wir jetzt?«, erkundigte sich Eirthe mit schwacher Stimme. Lythande musterte sie. Ihr Gesicht war bleich, und ihre Hände zitterten.

»Du schließt diese Kerzen weg, und wir stellen die Truhe in mein Zimmer«, erwiderte die Zauberin flüsternd, damit niemand sie belauschen konnte. »Dann gehen wir schlafen. Morgen sprechen wir mit Prinzessin Samt.«

»Und meine Lichter?« Eirthe schaute auf das Trockengestell. »Oh, du bist fertig damit. Kannst du das restliche Wachs im Kessel dort in die Form gießen?« Sie zeigte auf einen in der Reihe hölzerner Würfel, in denen sie das feste Wachs aufbewahrte und transportierte.

Lythande nickte, trug den Würfel zum Kessel hinüber und hielt diesen schräg, bis das ganze geschmolzene Wachs in die Form geronnen war. Belustigt stellte sie fest, dass mehrere der Salamanderbabys kamen und dabei halfen, die letzten Tropfen herauszuschmelzen. Da hat Eirthe ja eine richtige Mannschaft beisammen, dachte Lythande.

Eirthe verschloss die Truhe, und sie und Lythande nahmen jede einen der Griffe. Begleitet von einem Schwarm Salamander stiegen sie die Hintertreppe zu ihren Gemächern hinauf. Dort rückte Lythande die Truhe an die Wand der hinteren Zimmerseite und belegte sie mit einem Zauber, damit sie geschlossen, versperrt und an die Mauer gebunden blieb. »Sie wird sich nicht von der Stelle bewegen, wenn nicht das ganze Haus einstürzt«, erklärte sie, »aber ich habe nichts dagegen, wenn du ein paar von deinen Salamandern in ihrer Nähe lassen möchtest.«

Eirthe nickte erschöpft. Sobald sie ihre Seite der Tru-

he abgestellt hatte, sank sie auf den nächsten Stuhl. Alnath und zwei kleinere Feuerkugeln ließen sich auf dem Truhendeckel nieder.
Lythande erkannte, dass Eirthe für heute am Ende ihrer Kräfte war, und schob sie zur Tür hinaus. Sie brachte sie in das für sie vorgesehene Zimmer nebenan, zog den schwankenden Körper bis aufs Hemd aus und steckte sie ins Bett. Als sie Eirthes Tür hinter sich schloss und in ihre eigenen Räume zurückkehrte, tauchten zwei Wachen am Ende des Ganges auf. Sie betrachteten Lythande, ohne etwas zu sagen, und konnten sich ein anzügliches Grinsen nicht verkneifen.

EIRTHE ERHOLTE SICH schnell. Zu einer Lythandes Ansicht nach unanständig frühen Stunde klopfte sie bereits an die Tür. Lythande rollte aus dem Bett, warf das alles verhüllende Magiergewand über und ließ die Wachszieherin ein. Drei Salamander flogen von der Truhe auf und mischten sich unter den Schwarm, der Eirthe umgab.

»Angeblich war letzte Nacht alles ruhig«, begann Eirthe. »Ich bin froh.« Dann erst sah sie Lythande genauer an. »Habe ich dich aufgeweckt? Die Sonne steht schon fast eine Stunde am Himmel.«

»Wie schön für die Sonne«, knurrte Lythande.

Eirthes Lippen zuckten. »Soll ich Frühstück bringen lassen? Wenn du etwas gegessen hast, wird es dir vermutlich besser gehen.«

»Nur wenn du deinen Ruf gänzlich ruinieren willst«, versetzte Lythande. »Als ich gestern Abend aus deinem Zimmer kam, standen ein paar Wachen im Gang.«

Eirthe lachte in sich hinein. »Wir können das Frühstück von hier aus bestellen und alle damit verwirren. Um meinen Ruf brauchst du dir keine Sorgen zu machen; Tashgan schätzt meine handwerklichen Fähigkeiten, nicht meine Tugend – oder deren Mangel.« Sie durchquerte das Zimmer und betätigte den Klingelzug. »Außerdem«, fügte sie hinzu, »glauben die meisten hier ohnehin, ich sei eine Geliebte Tashgans, von der er sich getrennt hat. Warum sollte ich sonst in der Burg wohnen dürfen, und noch dazu in all diesem Luxus?«

»Das habe ich mich auch schon gefragt«, gestand Lythande. »Und warum wohnst du nun hier?«

Eirthe lachte. »Im ersten Jahr, als der Markt stattfand – bevor der Kanzler die Straßen in Stand setzen ließ –, war das Wetter schlecht, und mein Wagen blieb ein paar Meilen von hier im Schlamm stecken. Damals kamen noch nicht so viele Leute, und Tashgan gestattete mir, in der Burg zu wohnen. Im darauf folgenden Jahr stand mein Zimmer schon bereit, als ich eintraf, und im dritten Jahr war es natürlich schon Tradition, dass ich in der Burg übernachtete. Ich habe keine Ahnung, was Tashgan sich dabei gedacht hat – wenn überhaupt etwas –, aber ich gebe zu, dass es sehr schön ist, unter einem festen Dach zu schlafen und von Dienern versorgt zu werden.«

»Vielleicht erinnerst du ihn an eine Zeit, als er noch jung und sorglos war«, meinte Lythande, »an die Zeit, bevor er hier bleiben und sesshaft werden musste.«

»Wahrscheinlich«, stimmte Eirthe zu. Sie ging zur Tür und ließ den Diener ein, den sie herbeigerufen hatte.

Während sie mit ihm sprach, sank Lythande auf einen Stuhl nieder und zog sich die Kapuze über das Gesicht. Sie rührte sich erst dann wieder, als Eirthe die Tür hinter dem nächsten Diener verriegelte, der fünf Minuten später ihr Essen brachte.

Eirthe reichte Lythande einen gefüllten Teller. »Die Salamander sind nicht alle weiblich«, bemerkte Eirthe, »falls das für die Regeln, denen du folgst, von Bedeutung ist.«
»Ist es nicht«, entgegnete Lythande und fing an zu essen. Eirthe hatte Recht; nach dem Essen fühlte sie sich wenigstens ein bisschen besser. »Nur in Gesellschaft von Männern darf ich weder essen noch trinken. Sind meine Gefährten aber nicht menschlicher Natur, kommt es darauf nicht an.«

NACH DEM FRÜHSTÜCK machten sich Lythande und Eirthe auf die Suche nach Prinzessin Samt. »Wir brauchen keine Sorge zu haben, dass wir Tashgan begegnen«, erklärte Eirthe. »Er verschläft den größten Teil des Vormittags.«

»Und die edle Frau Mirwen?«, fragte Lythande skeptisch.

»Ich habe Alnath nachschauen geschickt. Mirwen hält sich bei dem Kanzler im Burghof auf, die Prinzessin im Solarraum.«

»Nicht gerade eine tüchtige Anstandsdame, unsere Frau Mirwen, wie?«, bemerkte die Zauberin.

»Umso besser für uns. Alnath wird Wache halten und uns warnen, wenn die edle Dame zu uns kommt.«

»Also gut. Folge mir und sprich nicht, bevor wir im Solarraum sind.« Sie ging voran, durch die große Halle und die Treppe hinauf, wobei sie Eirthe und sich mit einem kleinen Zauber umgab, damit niemand sie bemerkte.

Prinzessin Samt befand sich tatsächlich im Solarraum. Sie hockte auf einer gepolsterten Fensterbank und war völlig in das Buch vertieft, das sie las. Lythande warf den Zauber ab und räusperte sich. Die Prinzessin quiekte erschrocken auf, schob hastig das Buch unter ein Kissen und sah erst dann nach, wer hereingekommen war.

Eirthe lachte leise. »Unseretwegen braucht Ihr das Buch nicht zu verstecken, Hoheit. Ich war hier, als Ihr ankamt, und weiß, dass die Hälfte Eures Gepäcks aus Büchern besteht.«

»Oh.« Samt betrachtete sie interessiert. »Mögt Ihr Bücher?«

»Allerdings«, antwortete Eirthe. »Auch ich besitze mehr Bücher als sonstige Dinge – sie sind viel interessanter als Kleider oder Schmuck.«

Samt schaute an ihrem Kleid hinunter, das sich um die Beine gewickelt hatte und beide Knöchel sehen ließ. Errötend erhob sie sich und strich ihre Röcke glatt. »Um Vergebung, Herr Zauberer«, sagte sie zu Lythande.

»Keine Ursache«, versetzte Lythande trocken. »Ich bin nicht mehr jung genug, um beim Anblick der Knöchel einer Frau in Raserei zu verfallen.« Zu spät merkte sie, dass das nicht besonders tröstlich klang; die Prinzessin sah aus, als würde sie am liebsten im Erdboden versinken.

Eirthe warf Lythande einen zornigen Blick zu und sagte zu Samt: »Lythande ist mehrere hundert Jahre alt und erinnert sich nicht mehr, wie man sich fühlt, wenn man jung und leicht verlegen ist. Beachtet ihn nicht.«

Samt machte ein entsetztes Gesicht über diesen Mangel an Respekt für einen großen Magier. »Wolltet Ihr mit mir sprechen, edler Herr Zauberer?«, fragte sie Lythande.

»Zufällig ja. Jedoch zuerst: wo ist Eure Hofdame?«

Sie wollte in Erfahrung bringen, ob Mirwen vorhatte, bald zurückzukehren.
Samts starre Miene wurde mit einem Mal lebendig, und auf ihrem Gesicht zeichnete sich ein erstaunlich zynischer Zug ab. »Sie ist auf der Jagd nach dem Kanzler. Wahrscheinlich wird sie noch mindestens eine Stunde fortbleiben – seit unserer Ankunft verbringt sie jeden Vormittag mit ihm.«
»Will die Macht hinter dem Thron werden, wie?«, Lythandes jahrhundertelange Erfahrung erwies sich auf einmal als recht brauchbar.
Samt zuckte die Achseln. Der unschuldig-leere Blick war jetzt völlig verschwunden. »Warum sonst sollte sie ihre Heimat verlassen und in ein fremdes Land ziehen? Ich versichere Euch, es geschah nicht aus Liebe zu mir.«
»Wisst Ihr von irgendeinem Zauber, den sie auf Euch gelegt hat?«, erkundigte sich Lythande.
Samt reagierte völlig verblüfft. »Nichts, das mir bekannt wäre«, antwortete sie unsicher. »Ihr meint, ich sei verhext.« Es war keine Frage.
»Eirthe.« Auf Lythandes Geheiß stellte Eirthe die Kerzenfigur von Prinzessin Samt auf den Tisch in der Mitte des Raumes. Die Sonne strömte durch das Ostfenster und ließ die Figur rötlich aufglühen. »Könnt Ihr uns sagen, was das ist, Prinzessin?«, fragte Lythande.
Samt nahm die Kerze und drehte sie in den Händen. »Habt Ihr das gemacht?«
Eirthe nickte.

Die Prinzessin lächelte. »Ein ausgezeichnetes Bild von mir. Ihr seid sehr begabt.«
»Diese Figur sieht aus wie Ihr?«, fragte Lythande.
Samt sah sie an, als zweifle sie am Verstand des Magiers. »Ja, edler Herr Zauberer.«
»Habt Ihr seit Eurer Ankunft hier in einen Spiegel geschaut?«, fragte Lythande weiter.
»Nein.« Samt wirkte unsicher. »Ich habe nie viel auf mein Äußeres geachtet. Wir sind so viele Schwestern, dass ich gar nicht damit rechnete zu heiraten, und bei einer arrangierten Ehe ist das Aussehen einer Prinzessin weniger wichtig als ihre Mitgift. Ich besitze nicht einmal einen Spiegel – ich bin das zwölfte Kind, und Spiegel sind sehr teuer.«
»Das ist wahr«, stimmte Lythande zu, »aber sie sind für bestimmte Arten von Zauber nützlich, darum trage ich immer einen bei mir.« Sie zog einen kleinen Spiegel aus ihrer Gürteltasche und reichte ihn der Prinzessin. »Betrachtet Euch.«
Samt blickte in den Spiegel, schnappte nach Luft und fuhr sich mit der Hand über die Lippen, als wollte sie sich überzeugen, dass sie wirklich ihr eigenes Bild vor sich hatte. »Ich sehe ja aus wie eine der Geliebten meines Vaters!«, rief sie entsetzt. »Außer ihnen kenne ich keine anderen Frauen, die sich das Gesicht schminken. Ist das eine Eurer Zaubereien, edler Magier?«
»Zauberei schon«, erwiderte Lythande, »aber nicht meine.«
Samt streckte ihr den Spiegel wieder hin und Ly-

thande verstaute ihn wieder in ihrer Gürteltasche. »Könnt Ihr diesen Zauber von mir nehmen?«, erkundigte sich die Prinzessin besorgt. »Ich will nicht für den Rest meines Lebens so herumlaufen! Ich sehe aus wie eine Puppe!«

»Ich könnte Euch ganz leicht davon befreien«, gab Lythande zu, »doch bedenkt: Fürst Tashgan glaubt, dass dies Eure wahre Erscheinung ist.«

Mit einem leisen Aufseufzen sank Samt auf die Fensterbank zurück und vergrub das Gesicht in den Händen. Lythande hoffte, das Mädchen würde nicht in Tränen ausbrechen. »Und Eure Hofdame hatte gewiss ihre Gründe, Euer Äußeres so zu verändern«, fügte die Magierin hinzu. Das veranlasste Samt, die Hände vom Gesicht zu nehmen und Lythande und Eirthe mit nachdenklichem Stirnrunzeln zu mustern.

»Wie habt Ihr eigentlich herausgefunden, dass ich in Wirklichkeit anders aussehe?«, erkundigte sie sich.

»Fürst Tashgan bat mich, Kerzen in Eurer und seiner Gestalt für das Hochzeitsmahl anzufertigen«, erläuterte Eirthe. »Und obwohl ich, wenn ich Euch mit meinen Augen betrachtete, das Trugbild erblickte, wurdet Ihr, als ich die Kerze schnitzte, so, wie Ihr es hier seht.« Sie deutete auf den Tisch, wo Samt die Kerze hingestellt hatte. »Darum fragte ich Lythande, warum das, was ich formte, nicht dem entsprach, was ich sah.«

Samt stand auf und ging um den Tisch herum. Sie betrachtete die Kerze. »Könntet Ihr auch eine Kerze

von Frau Mirwen schnitzen?«, fragte sie. »Ich wüsste zu gern, wie sie tatsächlich aussieht.«
»Das habe ich schon getan«, erwiderte Eirthe nüchtern. »Es war ihr Kopf auf dem Körper einer Riesenspinne.«
Samt kicherte. »Ihr seid wirklich begabt.« Dann wurde sie ernst. »Aber das ist nicht komisch. Sie muss etwas noch Hinterlistigeres als ihre üblichen Intrigen planen.« Sie krauste die Stirn. »Wir sind noch nicht lange hier, aber selbst ich kann erkennen, dass es der Kanzler ist, der in Wahrheit das Reich regiert. Und Frau Mirwen hat Menschen immer als Werkzeuge betrachtet, die man benutzt und dann wegwirft. Mein Vater mag sie nicht; darum gab er auch seine Einwilligung dazu, dass sie mich in meine neue Heimat begleitete. Aber er ist ein Mann ...« Sie unterbrach sich mit einem schnellen Blick auf Lythande. »Ich meine, er sieht die Seite von ihr nicht, die sie nur in den Frauengemächern zeigt.«
»Ihr scheint selbst in Palastintrigen nicht unbewandert zu sein, Prinzessin«, meinte Lythande schmeichelnd.
»Doch, das bin ich«, widersprach Samt und rang dabei nervös die Hände, »vor allem im Vergleich zu Frau Mirwen. Soweit ich zurückdenken kann, ist dies ihre Hauptbeschäftigung, während ich nur immer in den Kulissen gestanden und zugeschaut habe. Man hat nicht erwartet, dass ich heiraten würde, und ich bin kein besonderer Liebling meines Vaters, also war ich nie wichtig genug, sich mit mir abzugeben.«

»So interessant das alles auch sein mag«, warf jetzt Eirthe ein, »ich habe noch viele Kerzen herzustellen, ehe der Markt beginnt, und ich muss zurück an die Arbeit. Sind wir sicher, dass es die edle Herrin Mirwen war, die Euch so verändert hat?«

»Ich bin ganz sicher«, erklärte Samt grimmig. »Sie ließ mich von dem Augenblick an, als wir uns der Grenze näherten, bis zur Ankunft hier einen Schleier tragen, und unterwegs kam sie jeden Abend in mein Zimmer, um mir das Haar zu bürsten und mir beim Zubettgehen zu helfen – etwas, um das sie sich früher nie gekümmert hat.« Wieder zog Prinzessin Samt die Stirn in Falten. »Sie kommt immer noch jeden Abend, aber bestimmt nicht mehr, wenn ich erst mit Tashgan verheiratet bin.« Sie sah zu Lythande auf. »Kann es sein, dass sie ihn mit Hilfe dieser Täuschung ablenken will, damit er nicht auf sie achtet und sich fragt, was sie vorhat?«

Eirthe nahm die Kerze und legte sie zurück in das strohgefütterte Kästchen. »Wenn ich Fürst Tashgan ablenken wollte, wäre ein schönes Mädchen eine der sichersten Methoden.«

Alnath erschien. Sie schoss zum offenen Fenster herein und landete auf dem Handgelenk, das ihr Eirthe entgegenstreckte. Auch Lythande hatte keine Schwierigkeiten, die Botschaft des Salamanders zu deuten.

»Frau Mirwen ist auf dem Weg hierher«, teilte sie Samt mit. »Wir müssen gehen.«

»Aber …«, begann Samt.

Lythande verbeugte sich. »Hoheit, wenn Euch noch etwas einfällt, das ich wissen sollte, könnt Ihr es Eirthe sagen. Sie hat schon früher mit mir gearbeitet und ist vertrauenswürdig. Und es wäre besser, wenn Eure Hofdame nicht erführe, dass Ihr und ich miteinander gesprochen haben.«
»Natürlich, edler Herr Zauberer.« Samt nickte majestätisch und fügte gleich darauf besorgt hinzu: »Aber Ihr werdet mich doch von diesem Zauber befreien?«
Lythande lächelte. »Wenn das wirklich Euer Wunsch ist, soll es mein Hochzeitsgeschenk für Euch sein.«
»Denkt Euch nur schon aus, wie Ihr es Tashgan erklären wollt«, riet Eirthe, die von Lythande bereits zur Tür gezogen wurde. »Viel Glück!«

EIRTHE VERBRACHTE DEN Rest des Vormittags damit, Kerzen herzustellen und ihre Waren so lange hin und her zu schieben, bis sie zufrieden und alles so vorteilhaft wie möglich aufgebaut war. Inzwischen durchstreifte Lythande die Burg, die Nebengebäude und das Marktgelände, blieb dort, wo sich Leute versammelt hatten, ab und zu stehen, spielte auf ihrer Laute und sang ein paar Lieder, wobei sie eifrig auf alles lauschte, was um sie herum gesagt wurde. Unglücklicherweise fand sie zwar einiges davon nicht uninteressant, aber direkt Hilfreiches war auch nicht dabei.

Die offizielle Eröffnung des Marktes fand um zwölf Uhr mittags statt. Der Kanzler hielt eine Begrüßungsrede. Als die kurze Zeremonie beendet war, folgte ihm Lythande bei seinem Gang über den Platz. Der Kanzler sprach mit jedem Händler und erkundigte sich, ob noch irgendwelche Probleme geklärt werden mussten. Erfreut stellte sie fest, dass der Mann beliebt und tüchtig zu sein schien.

Nicht, dass die Menschen Tashgan nicht auch mögen, dachte Lythande, aber es gibt einfach nicht besonders viele Dinge, von denen er wirklich etwas versteht. Er braucht einen guten Kanzler und hat großes Glück, ihn gefunden zu haben.

DIE NÄCHSTEN DREI Tage verbrachte Lythande damit, über den Markt zu wandern, die vielen unterschiedlichen Waren zu betrachten, sich Illusionen für die Hochzeitsspiele auszudenken und dazwischen häufig eine Pause einzulegen, um für die Marktbesucher auf ihrer Laute zu spielen. Wenigstens einmal am Tag schaute sie bei Eirthe vorbei und sah zufrieden zu, wie die Wachszieherin ihre Kerzen beinahe schneller verkaufte, als sie sie herstellen konnte. Lythande hatte das Gefühl, dass Eirthes Lichter jedes Haus im Königreich zumindest den ganzen Winter über erleuchten würden, wenn nicht sogar bis zum nächsten Jul.

Am vierten Tag traf Prinz Tashgans alte Laute ein. Lythande hielt sich gerade unweit von Eirthes Stand auf, als sie überrascht eine Frau bemerkte, die zwar nicht mehr ganz jung, aber außerordentlich schön war. Sie näherte sich der Bude. Da die Kapuze ihres Mantels zurückgeschlagen war, konnte man ihr langes, goldenes Haar sehen, das zu gedrehten Zöpfen geflochten war. Der Mantel stand vorn offen; darunter trug sie ein grünes Seidenkleid, auf welches goldene Drachen aufgestickt waren. Die Frau schien die Kälte offenkundig nicht zu spüren. Lythande, die sie nach zehn Jahren und vielen Abenteuern sofort wieder erkannte, wusste, dass sie es nicht tat. Aber schließlich war die Dame auch nicht wirklich eine Frau.

»Frau Wachszieherin«, grüßte die Herankommende Eirthe. »Ich sehe, dass Ihr gesegnet seid.« Mit einer Handbewegung deutete sie auf die Salamander.

»Edle Herrin Schönheit«, antwortete Eirthe lächelnd. »Was für eine Freude, Euch wieder zu sehen. Ja, Alnath hatte letzten Sommer Junge. Sind sie nicht wundervoll?«

»Hinreißend«, erklärte Schönheit mit unverkennbarer Aufrichtigkeit. »Und da wir gerade von Kindern sprechen, ich höre, dass Fürst Tashgan endlich heiraten will. Habt Ihr seine Braut schon gesehen? Wie ist sie?«

»Sehr jung«, erwiderte Eirthe, »aber sie scheint ein nettes Mädchen zu sein.« Und achselzuckend fuhr sie fort: »Bei der Heirat handelt es sich natürlich um eine dynastische Verbindung zu politischen Zwecken.«

»Natürlich.« Die Dame in Grün lächelte verständnisvoll und zeigte dabei ihre prachtvollen Zähne. »Ich muss in die Burg gehen und dem lieben Jungen gratulieren.« Sie drehte sich um und entfernte sich, was Lythande einen ausgezeichneten Blick auf Tashgans Lautenkasten ermöglichte, der über Schönheits Rücken hing. Sie gab der anderen viel Zeit, außer Hörweite zu gelangen, bevor sie zu Eirthe hinüberging. »Was weißt du von diesem Geschöpf?« Lythande gab sich Mühe, nicht zu laut zu sprechen.

»Frau Schönheit?« Eirthe sah Lythande überrascht an. »Nun, sie ist eine alte Freundin von Tashgan, die jedes Jahr um diese Zeit hierher kommt. Eine hervorragende Musikerin – vielleicht ist dir ihre Laute aufgefallen.«

»Eirthe«, drang Lythande in sie, »wie lange bleibt sie immer hier?«

»Fünf Tage«, antwortete die Wachszieherin. »Wieso? Musst du ihr aus dem Weg gehen?«

»Wo hast du sie sonst noch gesehen?«

»Sie kommt alljährlich auf den Markt von Alt-Gandrin«, entgegnete Eirthe ohne Zögern, »und in den beiden Jahren, die ich in Nordwander verlebte, war sie zu Mittsommer auch dort.« Sie runzelte die Stirn. »Was stimmt nicht mit ihr, Lythande? Du hast sie ein ›Geschöpf‹ genannt – ist sie nicht menschlich?«

»Kommt sie dir so vor?«

»Nicht wie ein gewöhnlicher Mensch, das sicher nicht«, meinte Eirthe leise. »Ich kenne sie seit Jahren, und sie ist nie gealtert. Und ihre Kleider werden nie schmutzig. Die meisten Leute reisen nicht in dieser Art Kleidung. Außerdem hat sie Alnath recht gern, was auch ziemlich selten vorkommt. Ich habe sie für eine Art Zauberin gehalten – sie verfügt über magische Kräfte, das weiß ich.« Und noch leiser: »Wenn sie kein Mensch ist, was ist sie dann?«

»Ein Werdrache«, knurrte Lythande grimmig.

»Oje.« Eirthe blickte mit großen Augen in die Richtung, die Schönheit eingeschlagen hatte. »Das erklärt, warum sie sich so gut mit Alnath versteht.« Ihre Miene drückte Bestürzung aus. »Ist sie deine Feindin?«

»Ich weiß nicht«, gestand Lythande. »Ich gab ihr die Laute, aber ich dachte, sie könnte den Bindezauber mit Leichtigkeit abstreifen ... ganz sicher nach so vielen Jahren ...«

»Was für einen Bindezauber?«

»Als Tashgans Brüder noch lebten und er nicht der Thronerbe war«, erläuterte Lythande, »ließen sie von Ellifanwy, der hiesigen Hofzauberin, einen Bindezauber auf seine Laute legen. Dieser Zauber bestimmte sowohl Tashgans Reiseweg als auch die Zeit, die er an jedem Ort verbringen durfte. Zur Julzeit kam er jedes Jahr hierher, besuchte im Frühjahr den Markt in Alt-Gandrin, verlebte den Mittsommer in Nordwander und kehrte dann wieder zurück, um den gleichen Weg von neuem zu beginnen.«

Eirthes Augen wurden noch größer. »Und jetzt folgt Schönheit dieser Route, wie sie es seit Jahren tut ... seit ...« Sie kaute an ihrer Unterlippe, sichtlich bemüht, die Jahre auszurechnen.

»Seit dem Jahr, als Prinz Tashgan in Alt-Gandrin zu mir kam und mich bat, seine Laute von dem Bindezauber zu befreien«, beendete Lythande den Satz. »Ellifanwy war damals schon tot – sie starb merkwürdigerweise in der Höhle eines Werdrachen –, und Tashgan hatte es eilig, weil seine Brüder gerade gestorben waren. Also tauschte ich die Laute mit ihm und wollte dann in Ruhe den Zauber fortnehmen. Natürlich folgte ich in der Zwischenzeit seinem Reiseweg ...«

»Ich wette, das war spannend«, bemerkte Eirthe grinsend.
»Und ob«, bestätigte Lythande trocken. »Jedenfalls hatte ich den Zauber noch nicht gelöst, als die Laute mich zu einem Haus mitten im Sumpf führte. Dort wohnte Schönheit. Anscheinend mochte sie Tashgan recht gern …«
»Das tut sie immer noch«, warf Eirthe ein.
»… und war gar nicht erfreut, mich an seiner Stelle zu sehen«, fuhr Lythande fort, »obwohl sie sich etwas beruhigte, als ich sie davon überzeugte, dass ich ihn nicht umgebracht hatte.«
Eirthe gackerte wie ein Huhn.
Lythande starrte sie grimmig an. »Tashgan hatte von ihr gesprochen, als er mir die Laute gab. Nicht, dass er mir etwas Vernünftiges über sie erzählt hätte, natürlich; er sagte nur: ›Liebe Grüße an Schönheit.‹ Also erfand ich eine rührende Geschichte, dass er die Liebe zu ihr seiner Pflicht als Erbe seines Vaters geopfert hätte, und schenkte ihr als Erinnerung die Laute. Ich dachte wirklich nicht, dass sie das binden würde, und schon gar nicht für fast zehn Jahre!«
»Sie kommt zwar jedes Jahr hierher«, wandte Eirthe ein, »aber das beweist ja nicht, dass sie dazu gezwungen ist. Sie könnte es ganz freiwillig tun.«
»Hoffentlich hast du Recht«, meinte Lythande. »Ich sollte lieber hinauf zur Burg gehen und es herausfinden. Wenn sie wütend auf mich ist, könnte es sehr unangenehm werden.«
»Warte, bis der Markt geschlossen wird«, bat Eirthe.

»Es dauert nur noch eine Stunde, und ich würde dich gern begleiten. Um nichts in der Welt möchte ich mir euer Gespräch entgehen lassen!«

BIS DER MARKT beendet war und Eirthe ihre verbliebenen Bestände gezählt und verstaut hatte, verstrich eher mehr als eine Stunde. Allerdings hatte es Lythande auch nicht besonders eilig, Schönheit gegenüberzutreten, und wartete darum geduldig, bis Eirthe und die Salamander zum Mitkommen bereit waren.

Unauffällig betraten sie den hinteren Bereich der großen Halle. Tashgan und Samt saßen Seite an Seite an der Hochtafel, die edle Herrin Mirwen wiederum rechts von Samt. Über die Lehne des leeren Sessels zu Tashgans Linker gebreitet lag der grüne Mantel und zeigte, wo Schönheit gespeist hatte. Doch diese hatte inzwischen auf einem Hocker vor der Empore Platz genommen und spielte auf ihrer Laute eine kunstreiche Melodie.

Zweierlei fiel Lythande sofort auf: Erstens, dass der Fingersatz, den Schönheits Lied erforderte, für jeden Musiker eine wirkliche Herausforderung darstellte, und zweitens, dass ausnahmslos jeder in der Halle Anwesende ihr mit verzückter Hingabe lauschte. Niemand rutschte auf seinem Stuhl hin und her, niemand wirkte gelangweilt oder tuschelte mit seinem Nachbarn, und niemand hatte auch nur den Kopf gewendet, als Lythande und Eirthe hereinkamen. Lythande fasste die beiden unter ihrem Mantel verborgenen Dolche fester und suchte nach Magie im

Raum – viele Jahre als fahrender Sänger hatten sie gelehrt, dass diese Art von Musik ganz sicher *nicht* geeignet war, ein Publikum zu fesseln –, aber der einzige aktive Zauber war der von Frau Mirwen, mit dem sie Samts Erscheinung verwandelt hielt. Selbst eine gründlichere Prüfung des magischen Potenzials ergab nur, was Lythande schon wusste: die Salamander, Eirthes Gabe, Frau Mirwen und Schönheits angeborene Zauberkraft als Werdrache.

Das Lied verklang, einen Moment lang herrschte Stille, und dann klatschten alle Beifall, sogar die Wachsoldaten und die Dienerschaft. Auch Lythande applaudierte und flüsterte dabei Eirthe zu: »Wird ihr Spiel immer so begeistert begrüßt?«

»Unweigerlich«, murmelte Eirthe und klatschte mit dem Rest der Leute in der Halle weiter. »Die edle Herrin Schönheit liebt es geradezu, wenn man seine Wertschätzung ihr gegenüber zum Ausdruck bringt, und jeder weiß, dass sie ein recht heftiges Temperament hat.«

»Ah, da seid Ihr ja, Lythande!« Fürst Tashgan hatte soeben aufgeblickt und die beiden entdeckt. »Was haltet Ihr vom Spiel der Herrin Schönheit?«

»Höchst eindrucksvoll.« Lythande trat kühn vor und verneigte sich vor Tashgan und Samt und beugte sich dann über Schönheits ausgestreckte Hand. »Meine Hochachtung, Frau Schönheit. Ich bewundere sowohl Euer Können als auch Euren Mut. Ich würde mich vor großem Publikum nicht an ein so anspruchsvolles Stück wagen.«

Schönheit schenkte Lythande ein ausdrucksloses Lächeln. »Ich danke Euch, Herr Zauberer.« Ihre Finger drückten kurz Lythandes, bevor sie sie freigab. »Ich komme jedes Jahr hierher, um das Julfest zu feiern, und schmeichle mir, dass die Fähigkeit meiner Zuhörer, gute Musik zu würdigen, immer mehr zunimmt.«

»Dazu braucht es keine Schmeichelei, Herrin«, erwiderte Lythande und neigte respektvoll das Haupt. »Die Reaktion Eures Publikums beweist, wie Recht Ihr habt.«

»Vielleicht wärt Ihr bereit, ein Duett mit mir zu spielen?«, fragte Schönheit und lächelte süß. Lythande konnte ihre Gedanken fast hören: Ich kenne dein Geheimnis, und du weißt das, und nun fragst du dich, was ich mit meinem Wissen anfangen werde. Wie amüsant.

»Es wäre mir eine Ehre«, antwortete sie mit einer neuen Verbeugung.

»Ausgezeichnet!«, erklärte Tashgan und gab dem nächststehenden Pagen ein Zeichen. »He du! Einen Hocker für Lythande.«

Der Junge rannte los, um die Anweisung auszuführen. Gleich darauf saß Lythande so nahe vor Schönheit, dass sich ihre Knie beinahe berührten, und stimmte ihre Laute auf die des Werdrachen ein.

»Und was wollen wir nun spielen?«, überlegte Schönheit laut. Sie intonierte ein paar Takte. Ihre Finger flogen über die Saiten. »Kennt Ihr das hier? Ich glaube, Eure Stimme ist hoch genug dafür.«

Lythande fiel gehorsam in die Einleitung ein. Sie erkannte das Stück sehr wohl wieder und hoffte von ganzem Herzen, dass es sonst niemand tat. Es war ein altes Lied von der Liebe zwischen zwei Frauen, die selbst dann andauerte, als beide Frauen sich in denselben Mann verliebten. Schönheit neckte sie, aber wenigstens tat sie es diskret. Lythande konnte nur beten, dass die Pointe für das Publikum nicht verständlich war.

Begeisterter Beifall folgte dem Lied, und Schönheit begann sofort mit einem neuen Stück, das miteinander wetteifernde Musiker oft für ihren Auftritt benutzten. Der erste Spieler gab jeweils eine komplizierte Melodie vor, und der zweite improvisierte und entwickelte sie weiter. Dann spielte der Erste eine noch verschlungenere Version dessen, was der Zweite gerade zu Gehör gebracht hatte, und so fort. Lythande hatte sich schon darauf eingestellt, Schönheit das Duell gewinnen zu lassen, sofern sie es unauffällig tun konnte, musste jedoch leicht bekümmert feststellen, dass das gar nicht nötig war. Schönheit spielte so gut, dass sie Lythande tatsächlich übertraf, auch wenn sie fast eine Stunde dazu brauchte.

»Wir müssen das bei anderer Gelegenheit wiederholen, lieber Junge«, meinte Schönheit, als die beiden aufstanden und sich vor Fürst Tashgan verbeugten, um gnädig sein Lob entgegenzunehmen. »Ich habe nicht oft das Vergnügen, mit jemandem zu spielen, der meiner eigenen Kunst so nahe kommt.«

Lythande befand sich in gehobener Stimmung, weil sie wirklich gute Musik erlebt hatte, und lächelte herzlich. »Es wäre mir ein großes Vergnügen, Frau Schönheit.« Sie machte vor dem Werdrachen eine höfische Verbeugung.

»In der Tat.« Schönheit sah sich in der Halle um und lachte leise. »Ich glaube, der Zauber der Musik hat uns alle gefangen genommen«, meinte sie. »Schaut nur, die Kerzen sind heruntergebrannt und ...« Sie senkte die Stimme, sodass nur Lythande sie verstehen konnte. »Tashgans kleine Braut sieht aus, als würde sie gleich am Tisch einschlafen.«

»Das kann unmöglich von der Musik kommen«, flüsterte Lythande zurück.

»Ich vermute, es ist eher das Gefühl von Fremdheit, wenn man zum ersten Mal in einem neuen Land ist«, sagte Schönheit leise, »und natürlich schwächt auch der Zauber, der auf ihr liegt, ein wenig ihre Kräfte.«

Die Blicke der beiden Zauberinnen trafen sich. »Was seht Ihr?«, fragte Lythande. »Ihr wahres Gesicht oder das Trugbild?«

Schönheits Lachen wetteiferte mit dem Klang der Windspiele, die auf dem Markt verkauft wurden. »Beide natürlich!« Sie wandte sich ab, um ihre Laute einzupacken, und Lythande folgte ihrem Beispiel.

Als Lythande endlich in ihrem Zimmer stand, fiel die Kraft der Musik allmählich von ihr ab, und sie hätte noch am Türpfosten einschlafen können. Trotzdem prüfte sie zuerst, ob jemand sich an der Truhe mit Eirthes Zauberkerzen zu schaffen gemacht hat-

te. Zu ihrer Erleichterung war alles so, wie sie es am Morgen verlassen hatte.
Eirthe klopfte und brachte ein Tablett mit Brot, Käse und Dörrobst. »Versuch etwas zu essen, bevor du einschläfst«, riet sie. »Du siehst noch müder aus, als ich mich fühle – und ich würde am liebsten eine ganze Woche lang schlafen! Aber wenigstens bleibt uns noch ein Ruhetag vor der Hochzeit.«
»Und das ist gut«, seufzte Lythande. »Ich werde ihn brauchen.«

Der Tag der Hochzeit war schön und für die Jahreszeit ungewöhnlich warm. Als Lythande aufwachte, stand die Sonne schon halb hoch am wolkenlosen, strahlend blauen Himmel, und in der Luft lag nur so viel Kälte, dass sie erfrischend wirkte. Der Wind war die sanfteste Brise. Lythande setzte sich auf das Fensterbrett, sonnte sich und achtete nicht auf den Salamander, der sich von der Gruppe, die die Truhe mit den Hochzeitskerzen bewachte, löste und an ihr vorbei hinaus nach draußen schoss. Kurz darauf klopfte es an der Tür und Lythande öffnete. Eirthe brachte ihr ein Frühstück.

»Vielen Dank«, sagte sie. »Bitte iss doch mit, oder hast du schon gefrühstückt?«

»Schon vor Stunden«, versetzte Eirthe lächelnd, »aber gegen etwas Obst hätte ich nichts einzuwenden! Ich habe gerade alle Lichter in der großen Halle aufgestellt. Es wird der am besten erleuchtete Raum sein, den du je gesehen hast.«

»Sind denn die Hochzeitsvorbereitungen abgeschlossen?« Lythande hatte den vorigen Tag in ihrem Zimmer verbracht, sich ausgeruht und Illusionen eingeübt. Eirthe hatte ihr in regelmäßigen Abständen etwas zu essen gebracht, sie im Übrigen aber nicht gestört, sodass Lythande keine Ahnung hatte, wie es zur Zeit in der Burg aussah. Sie wusste, dass Eirthe sie über besondere Vorfälle sofort unterrichtet hätte, und ging deshalb davon aus, dass weiter nichts passiert war, zumindest nichts, was im Hinblick auf Zauber und Magie von Belang wäre.

»Die Vorbereitungen sind beinahe abgeschlossen.« Eirthe unterdrückte ein Gähnen. »Du hast gut daran getan, dich gestern aus dem ganzen Wirrwarr herauszuhalten – zwischen dem Abbau des Marktes und den Vorbereitungen für die Trauung entstand das größte Chaos, das ich je erlebt habe. Die meisten Marktleute sind ziemlich tüchtig, aber die Burgbediensteten richten eben nicht jedes Jahr eine Hochzeit aus. Und wenn ich mir das ganze Hin und Her anschaue, glaube ich sogar, dass manche Leute mit Absicht alles auf den letzten Augenblick verschoben haben, nur damit sie herumrennen, andere anschreien und sich mächtig fleißig und wichtig vorkommen können.«

»Gehört der Kanzler auch dazu?«, fragte Lythande neugierig.

»Der hat die Hochzeitsvorbereitungen an den obersten Verwalter delegiert, zum Glück, denn Frau Mirwen war den ganzen Tag mit einer Krise nach der anderen hinter ihm her, und er hatte für nichts anderes Zeit als für ihre Sorgen.«

»Interessant«, meinte Lythande sinnend. »Ich hätte gedacht, solch ein Verhalten würde ihn eher gegen sie einnehmen.«

»Vielleicht nicht«, sagte Eirthe. »Auf jeden Fall hat sie keine Gelegenheit ausgelassen, ihm zu versichern, wie wundervoll er sei und dass sie nicht wüsste, wie sie ohne ihn zurechtkommen sollte.«

»Was hast du getan – ständig an ihren Fersen gehangen?«

»Natürlich nicht.« Eirthe lächelte unschuldig. »Ich habe fast den ganzen Tag auf dem Hof gestanden und Kerzen getaucht. Frag alle.« Sie grinste. »Ich habe sie von den Salamandern bewachen lassen. Wir sind inzwischen so oft hier gewesen, dass niemand mehr groß auf sie achtet, solange sie den Leuten nicht zu nahe kommen – und ist dir je aufgefallen, wie selten die Menschen nach oben schauen? Niemand betrachtet die Wandleuchter genauer; einer der Jungen hat mehrere Tage in Samts Gemach zugebracht und so getan, als wäre er eine Kerzenflamme. Er ist übrigens immer noch dort; ich glaube, er mag sie.« Sie machte ein nachdenkliches Gesicht. »Was würde Tashgan wohl sagen, wenn ich seiner Braut einen Salamander zur Hochzeit schenkte?«

Lythande lachte. »Ich vermute, das würde davon abhängen, wo der Salamander nachts schlafen wollte.«

Eirthe steckte den letzten Bissen Obst in den Mund, schluckte ihn hinunter und leckte sich die Finger ab. »Ich werde darüber nachdenken.« Sie erhob sich. »Ich sollte mich jetzt lieber für die Feierlichkeiten umziehen. Hast du dich entschieden, was für Illusionen du bei den Spielen vorführen willst?«

»Ich habe verschiedene Möglichkeiten«, erklärte Lythande, »aber ich rechne damit, dass ich viel im-

provisieren muss, wenn das Duell erst einmal im Gang ist.«
»Es wird bestimmt sehr spannend. Ich sehe dich dann bei der Trauung.«

DIE TRAUUNGSZEREMONIE FAND im Eingangsportal der Burg statt, damit jeder, der es wollte, der Hochzeit seines Herrschers beiwohnen konnte. Tashgan glänzte in einem langen Wams aus Goldbrokat, während Samt ein Kleid aus tief saphirblauem Samt trug. Ein passender Kopfputz bedeckte ihr Haar und ein hellblauer Schleier verhüllte ihr Gesicht. Die an der Zeremonie unmittelbar Beteiligten – der Priester, Braut und Bräutigam und die Trauzeugen – standen auf den Stufen. Im Hof drängten sich die Zuschauer. Wie Lythande erwartet hatte, war Tashgans Trauzeuge der Kanzler, aber sie sah überrascht, dass an Samts Seite Frau Schönheit stand. Sie blickte sich im Hof um, konnte aber Frau Mirwen nirgends erspähen.

»Weißt du, wo Mirwen ist?«, flüsterte sie Eirthe zu.

»Ich nehme an, dass sie noch in der großen Halle ist«, zischte Eirthe zurück. »Dort war sie, als ich nach draußen ging; allerdings dachte ich auch, sie würde zur Trauung kommen.«

»Anscheinend hat sie Besseres zu tun als zuzuschauen, wie ihr Schützling heiratet«, meinte Lythande trocken.

»Mehrere Salamander sind bei ihr«, erklärte Eirthe beruhigend. »Sobald die Zeremonie vorbei ist, werde ich mich erkundigen, was Mirwen dort getrieben hat.«

ABER GLEICH NACH Abschluss der Trauung begann das Hochzeitsmahl, und Lythandes Stellung brachte es mit sich, dass sie mit Tashgan und dem Kanzler an der Hochtafel sitzen musste und sich nicht entfernen konnte. Zum Glück schien es Brauch zu sein, die Kämpen der Hochzeitsspiele durch die ganze Breite der Tafel voneinander zu trennen, sodass zu Frau Mirwens Linker der Kanzler und zu seiner Linken Samt saß, gefolgt von Tashgan, Schönheit und Lythande.
Damit hatte Lythande die edle Herrin Schönheit zur Tischdame, brauchte aber wenigstens nicht nach zwei Seiten Konversation zu machen. Sie tat so, als würde sie etwas essen, indem sie mit den Speisen auf dem Teller herumspielte, aber natürlich durfte sie nichts zu sich nehmen. Inzwischen machte Schönheit Tashgan Komplimente über den Liebreiz seiner Braut – als ob das sein Verdienst wäre – und scherzte, wie begierig er doch sein müsste, seine ehelichen Pflichten in Angriff zu nehmen. Tashgan lachte, stimmte jedem ihrer Worte zu und trank seinen Wein. Schönheit erinnerte ihn daran, auch feste Nahrung zu sich zu nehmen. »Ihr werdet Eure Kraft brauchen, lieber Junge, und jedermann weiß, dass zu viel Wein die Leistung mindert.«
Als Tashgan gehorsam zu essen begann, wandte Schönheit ihre Aufmerksamkeit Lythande zu. »Ich habe gehört, dass Ihr, lieber Junge, Tashgans Kämpe

bei einem magischen Wettstreit nach dem Bankett sein sollt.«

Lag ein Anflug von Eifersucht in ihrer Stimme? Lythande war nicht sicher. Jedenfalls schien die andere bereit, Lythandes Geheimnis zu hüten.

»Das stimmt«, gab Lythande zu und erlag dann ihrer Neugier. »Sagt mir, Frau Schönheit, nennt Ihr jeden Mann ›lieber Junge‹?«

»Oft«, antwortete Schönheit mit einem Lächeln. »Es ist so viel einfacher, als sich Namen zu merken; die Menschen kommen und gehen so schnell, findet Ihr nicht? Außerdem mindert sich dadurch die Gefahr, dass ich jemanden falsch anrede – ich meine, mit dem falschen Namen«, fügte sie mit absichtlich ausdrucksloser Miene hinzu.

»Ganz recht.« Lythandes Gesicht und Stimme blieben ebenso ausdruckslos.

»Ich glaube, Eure kleine Freundin sucht Euch«, fügte Schönheit hinzu und deutete auf einen in der Tür schwebenden Salamander.

»So sieht es aus«, murmelte Lythande. »Würdet Ihr mich einen Augenblick entschuldigen, Herrin?«

Schönheit lächelte und beugte sich zu ihr, sichtlich bereit, bei der Verschwörung mitzuwirken. »Wenn jemand fragt, habt Ihr den Abtritt aufgesucht.«

Lythande nickte und huschte so unauffällig wie möglich hinaus.

Tatsächlich führte der Salamander sie nach den Abtritten, wo sie Eirthe fand, die scheinbar gerade von dort in die Halle zurückwollte.

»Sie hat irgendeinen Zauber über den Kampfplatz gelegt«, berichtete die Wachszieherin rasch und lächelte dabei, als tausche sie mit Lythande eine Begrüßung. »Etwas ziemlich Aufwendiges, aber die Salamander konnten mir keine Einzelheiten angeben – nur, dass sie ihre eigenen Kerzen und keine von meinen benutzt hat. Das fiel ihnen auf.«

»Nun, wir werden die Einzelheiten sicher bald herausfinden«, erwiderte Lythande resigniert. »Ich hatte ja schon befürchtet, der Tag würde spannend werden.«

»Kein Zweifel«, stimmte Eirthe zu und entfernte sich in Richtung Halle. Lythande suchte den Abtritt auf, bevor sie selbst zurückkehrte; der beste Weg, eine Lüge glaubhaft erscheinen zu lassen, war immer noch, sie so weit als möglich Wahrheit werden zu lassen.

DAS HOCHZEITSMAHL DAUERTE noch einige Stunden lang an. Lythande wies alle ihr weiter angebotenen Speisen wie auch den Wein zurück, und zwar nicht nur, weil sie an diesem Ort nichts essen konnte, sondern auch, weil sie wusste, dass sie für das, was ihr bevorstand, frisch und munter bleiben musste.

Endlich erhob sich Tashgan, um den Wettstreit anzukündigen.

»Es ist der Brauch beim Volk meiner Braut«, begann er, »zur Feier einer Hochzeit einen Wettstreit magischer Illusionen auszurichten. Die beiden Kämpen wetteifern darum, die phantastischsten und prächtigsten Trugbilder zu erschaffen, und Ihr, meine Freundinnen und Freunde, sollt die Richter sein.« Er wartete, bis der Beifall sich gelegt hatte, und fuhr dann fort: »Die Kämpen sind die edle Herrin Mirwen für Valantia und der edle Zauberer Lythande für Tschardain. Lasst die Spiele beginnen!«

Während Lythande sich erhob, lief Frau Mirwen rasch auf den für den Wettkampf geräumten Platz und stellte sich Tashgan gegenüber. »Fürst Tashgan, wie ich Euch bereits mitteilte, als Ihr das erste Mal diesen Frevel vorschlugt, sind unsere Spiele Frauensache. Kein Mann darf als Kämpe an den Hochzeitsspielen teilnehmen. Ich habe darum diesen Ort verzaubert, sodass nur eine Frau darin von ihrer Magie Gebrauch machen kann.« Lythande erstarrte zu

Stein, verzog jedoch keine Miene, während Mirwen hämisch fortfuhr: »Wenn euer ›Kämpe‹ nicht beweisen kann, dass er eine Frau ist, müsst Ihr Euch als Verlierer erklären – oder einen anderweitig geeigneten Kämpen finden.«

»Lythande?« Tashgan sah sie fragend an. »Könnt Ihr den Zauber lösen?«

Lythande hoffte, dass ihr gezwungenes Lachen nicht so klang, wie sie selbst sich fühlte. »Mit Leichtigkeit, Fürst Tashgan. Doch zu meinem Leidwesen muss ich Euch sagen, dass die schnellste Art, das zu tun, darin besteht, Frau Mirwens gesamte Zauberkraft aufzuheben, sodass sie dann natürlich auch nicht in den Spielen kämpfen kann. Und ebenso natürlich wird auch das Trugbild von Samt verschwinden. Ich bin nicht sicher, ob Frau Mirwen das jetzt schon will.«

Anscheinend hatte Lythande in diesem letzten Punkt Recht, denn die edle Herrin Mirwen wirkte plötzlich ausgesprochen nervös. Sie öffnete gerade den Mund, vermutlich, um anzubieten, den Zauber selbst zu lösen, als Schönheit eingriff.

»Fürst Tashgan«, sagte sie und stand auf. »Ich erbitte eine Gunst. Lasst mich Eure Kämpin sein.«

Tashgan blickte auf Lythande, die ihm die Zwickmühle, in der er steckte, gut nachempfinden konnte. Ganz bestimmt wusste er genug über Schönheit, um sie auf keinen Fall beleidigen zu wollen; was er nicht wusste, war, wie mächtig – und wie empfindlich – Lythande war. Lythande hatte jedoch ihrerseits ausgezeichnete Gründe, Schönheit bei guter Laune zu halten.

»Wenn die edle Herrin Schönheit es so will«, erwiderte sie darum sofort, »wäre ich mit Freuden einverstanden, ihr meinen Platz zu räumen. Ich habe die größte Hochachtung vor ihren magischen Fähigkeiten.«

»Nun gut«, sagte Tashgan erleichtert. »Die Herrin Schönheit soll meine Kämpin sein. Lythande nimmt die Stelle des Schiedsrichters ein.« Die Zauberin schob galant Schönheits Sessel zurück und geleitete sie vom Podium hinunter, um dann selbst auf ihren Platz an der Hochtafel zurückzukehren.

Frau Mirwen musterte Schönheit mit dem selbstgefälligen Blick eines verzogenen Kindes, das wieder einmal seinen Kopf durchgesetzt hat. »So ist es viel besser, findet Ihr nicht auch? Männer sollten nicht mit Zauberei herumspielen; sie findet ihren höchsten und wahrsten Ausdruck im weiblichen Menschen. Niemand kann das bestreiten.«

»Darauf würde ich meinen Kopf nicht verwetten«, erwiderte Schönheit mit rätselhaftem Lächeln. Mirwen verstand diese Aussage offensichtlich nicht und kümmerte sich folglich auch nicht darum. Sie wedelte in einem kunstvollen, theatralischen Muster mit den Armen und intonierte dabei etwas, das offenbar ein Zauber sein sollte. Lythande mit ihrem langen Leben und ihrer umfassenden musikalischen Bildung erkannte es als uraltes Studententrinklied, so alt, dass seine Sprache in dieser Form nicht mehr gesprochen wurde. Am Zucken von Schönheits Lippen merkte sie, dass die Drachenfrau den »Zauber« ebenfalls identifiziert hatte, aber Schönheit rührte sich nicht und überließ es ihrer Gegnerin, die erste Illusion hervorzubringen.

Eine Wiese mit hellgrünem Gras, die mit Blumen in leuchtenden Farben übersät war, bedeckte plötzlich den Fußboden, und ein kristallblauer Teich füllte den Vordergrund. Lythande musste zugeben, dass es wirklich hübsch aussah. Im Hintergrund ragte eine Baumreihe auf, die Mirwen verdeckte, was den ästhetischen Reiz des Ganzen beträchtlich erhöhte, wie Lythande fand.

An dem Teich saßen zwei Gestalten: Samt – ein Abbild der Täuschung, die noch immer über der wirklichen Prinzessin lag – und ein jünger aussehender und stark heldenhaft überhöhter Tashgan.

Und genauso glaubt er wahrscheinlich auszusehen, dachte Lythande. Geschickter Schachzug. Nicht brillant, aber schlau. Nicht schlecht als Einführungsillusion und sehr passend für eine Hochzeit.

Das beifällige Gemurmel in der Halle erstarb, als alle darauf warteten, was sich Schönheit als Erwiderung einfallen lassen würde. Als es vollkommen still war, begann die Drachenfrau.

Vom Teich stieg ein silberglänzender Nebel auf und verhüllte Menschen und Landschaft. Minutenlang flackerten Lichter durch den Nebel, dann wehte von nirgendwo ein Wind und vertrieb den Dunst. Überall in der Halle schnappten die Gäste verblüfft und entzückt nach Luft. Schönheit hatte die Illusion vergrößert, sodass alle sie sehen konnten, und ein Schloss aus glitzernd weißem Marmor, zu phantastischen Formen und Verzierungen geformt, hinzugefügt. Während die Zuschauer noch »Oh« und »Ah« seufzten, verwandelte sich der Himmel der Illusion von Blau zu einem herrlichen, vielfarbigen Sonnenuntergang, gefolgt von einer von Lichtern, die aus dem Schloss schimmerten und sich im Wasser des Teiches spiegelten, durchbrochenen Dunkelheit. Auch der Bankettsaal verdunkelte sich völlig, sodass die Gäste die Illusion besser erkennen konnten ohne abgelenkt zu werden. Als Nächstes folgte die Morgenröte mit neuen Farben, sanften Pastelltönen, die kräftiger wurden, während der »Tag« heraufdämmerte. Als das Licht um die Gestalten von Tashgan und Samt heller wurde, lachte Lythande anerkennend auf. Samts Abbild war schwanger.

»Schnelle Arbeit!«, rief ein Mann irgendwo in der Halle. Das brachte fast alle zum Lachen, Tashgan eingeschlossen.

Lythande glaubte Frau Mirwen mit den Zähnen knirschen zu hören, konnte aber nicht sicher sein, weil das Schloss ihr die Sicht auf die Hofdame versperrte.

Schönheit trat zurück, damit Mirwen fortfahren konnte. Eine jähe Finsternis legte sich über das Bild. Als sie sich ebenso plötzlich wieder hob – bei weitem nicht so kunstvoll wie Schönheits idealisierter Sonnenunter- und -aufgang –, hatten Samt und

Tashgan zwei Kinder: einen stämmigen Jungen, der am Teichufer herumkrabbelte, und ein Kleinkind auf Samts Armen. Beide Kinder zeigten die vollkommene Schönheit des Trugbildes, das auf ihrer Mutter lag.

Kein besonders guter Zug, dachte Lythande und horchte auf das Gemurmel in der Halle. Kinder, die ihrer Mutter derart ähnlich sehen, können jeden Beliebigen zum Vater haben. Es wäre diplomatischer gewesen, wenigstens eins davon Tashgan ähnlich zu machen.

Schönheit schien Lythandes Meinung zu teilen. Mit einem hörbar verächtlichen Schnauben trat sie vor, um die nächste Runde zu beginnen. Der Knabe wuchs vom Krabbelkind zum kleinen Jungen und veränderte dabei sein Äußeres so, dass er jetzt viel von Tashgan hatte. Das Kleinkind strampelte sich vom Schoß der Mutter, kroch zum Teichufer und betrachtete sein Spiegelbild im Wasser, das Köpfchen wie nachdenklich zur Seite geneigt. Dann streckte es ein Patschhändchen aus und spritzte sich Wasser ins Gesicht. Farben und Züge veränderten sich, als hätte man eine Farbschicht von ihm abgewaschen. Das kleine Mädchen, das sich jetzt aufsetzte und Blumen für einen Kranz zu pflücken begann, hatte braunes Haar, graue Augen und Sommersprossen. Sie war süß und sah genauso aus, wie Samt in ihrem Alter in Wirklichkeit ausgesehen haben musste.

Lythande sah sich um. An der Hochtafel saß Samt und lachte, und Tashgan lächelte.

Durch die Türme des Schlosses erkannte man nun Mirwen, die dahinter hervorgekommen war, um sich gleich hinter den Bäumen auf ihrer Seite der Illusion aufzustellen. Sie machte einen äußerst wütenden Eindruck. Zweifellos hatte sie nicht erwartet, dass jemand das Trugbild, das sie auf Samt gelegt hatte, durchschaute, und noch weniger, dass man ihr diese Tatsache auch noch so deutlich zeigte.

»Wie könnt Ihr es wagen!«, fauchte sie unterdrückt.

Aber Schönheit war noch nicht fertig. Am Rand des magischen Feldes begannen Tiere zu erscheinen. Zuerst waren sie nicht völlig ungewöhnlich. Ein saphirblauer Vogel flog der Samt-Gestalt auf die Schulter und nahm die Farbe ihrer Augen an; ein eleganter, glatter, goldfarbener Hund ließ sich an Tashgans Seite nieder. Die Illusion wurde immer kunstvoller: Ein Rudel Hirsche in allen Farben des Regenbogens kam und trank am Teich, blaugrüne Enten und silbrige Schwäne schwammen auf seinem Spiegel, und schließlich wurde ein schneeweißes Einhorn sichtbar, aus dessen Stirn ein spiralförmig gedrehtes Horn herauswuchs. Es näherte sich dem kleinen Mädchen und neigte den Kopf vor ihm, sodass ihm das Kind den Blumenkranz um den Hals legen konnte.

Mirwen hob dramatisch die Arme und stieß in einer Sprache, die Lythande nicht kannte, ein paar Worte hervor. Es klang wie eine Verwünschung. Oh-oh, dachte Lythande. Jetzt wird es unangenehm.

Eine Meute schwarzer Wölfe sprang aus dem Teich

und umzingelte mit gefletschten Zähnen das Einhorn und das kleine Mädchen. Das Kind wich zurück und stellte sich an die Seite des Einhorns, das sich, so gut es ging, verteidigte, indem es nach jedem Wolf ausschlug, der ihm zu nahe kam; aber die Wölfe waren zu sehr in der Überzahl. Ein paar von ihnen stürzten vor und griffen an, und als das Einhorn sie endlich abgewehrt hatte, blutete es.

Das ging zu weit. Lythande stand auf und schrie: »Halt!«

Alles, was sich auf der Szene bewegte, erstarrte. Mirwen fuhr herum und zischte Lythande an: »Passt Euch etwas nicht?«

»Das Spiel, das wir hier spielen, Frau Mirwen, heißt nicht ›Meine Illusion kann Eure töten‹«, erklärte Lythande streng. »Es geht nicht um ein magisches Duell. Ihr scheint das zu vergessen.«

»Und Euch steht es nicht zu, Euch einzumischen«, fauchte Frau Mirwen. »Ich habe schon Trugbilder gesponnen, als Ihr noch gar nicht geboren wart!«

»Das möchte ich stark bezweifeln«, entgegnete Lythande gelassen. »Fürst Tashgan hat mich zum Schiedsrichter dieser Spiele ernannt. Eure Aufgabe ist es, etwas Schönes zu erschaffen, nicht aber, Blut zu vergießen, auch wenn es nur das einer Illusion ist.« Sie sah Schönheit an. »Edle Herrin, ich glaube, Ihr seid an der Reihe.«

»Selbstverständlich, lieber Junge«, meinte Schönheit lächelnd, trat vor und begann ihr Werk.

Zuerst löste sie einen Teil des Bildes auf und zeigte

dem Publikum die edle Frau Mirwen. Dann ließ sie die Illusion eines Baums über ihre Rivalin wachsen. Es war kein schöner Baum, sondern ein knorrig und krumm gewachsenes Gehölz und eigentlich recht hässlich – und unmissverständlich so, wie Mirwen als Baum sicher ausgesehen hätte. Gelächter erscholl in der Halle, als die Gäste den Scherz begriffen. Der Mirwenbaum verrenkte sich nach allen Seiten und starrte jeden, der lachte, zornig an, aber Schönheit winkte mit der schlanken Hand und von oben strömte Wasser herunter, bis der ganze Baum durchnässt war. Schönheit warf einen Blick darauf und holte tief Luft. Da gefror das Wasser, bis der Baum völlig vereist war und sich das Licht von Eirthes Kerzen darin spiegelte und als glitzerndes Muster aufflackerte.

So schön wird Mirwen nie wieder sein, dachte Lythande.

Inzwischen hatte Schönheit ihre Aufmerksamkeit den Wölfen zugewandt, die noch immer das Einhorn umzingelt hielten. Wieder lächelte sie. Sie winkte mit der Hand, und die Wölfe verwandelten sich in kuschlige schwarze Welpen. Sie sprangen fröhlich umher, stießen begeisterte kleine Quieklaute aus und rieben den Kopf an den Knöcheln des kleinen Mädchens. Dann liefen sie davon, um mit dem Jungen zu spielen.

Das Einhorn, nun wieder geheilt, das Mädchen noch immer an seiner Seite, schritt zum Teich und tauchte sein Horn hinein. Der Teich wurde größer und wogte auf Frau Schönheit zu, bis er den Saum ihres

Rocks berührte. Da begann auch sie sich zu verwandeln. Ihre Arme sanken herab und berührten kurz ihre Flanken, um dann wieder aufwärts und nach hinten zu schwingen. Bei dieser Bewegung wurden ihre grüngoldenen Ärmel zu Flügeln mit so leuchtenden Schuppen, dass sie aus Gold und Smaragden zu bestehen schienen. Ihr Körper wuchs, das Gesicht wurde länger, und bevor die Gäste auch nur blinzeln konnten, stand dort ein Drache, der hoch über den Teich ragte und das Bild beherrschte.

Das leise Keuchen und die lautlose Aufmerksamkeit der Zuschauer bedeuteten eine größere Anerkennung als jeder Applaus.

Wie gebannt warteten alle, was als Nächstes kommen würde. Selbst Lythande saß wie angewurzelt, und Tashgan hatte fast das Atmen vergessen.

Der Drache blies die Backen auf und stieß eine sanfte, blasse Flamme hervor, die das Eis schmolz, das den Baum bedeckte. Frau Mirwen riss sich aus der Illusion und stampfte durch die Baumreihe, um ihre Gegnerin zu stellen.

»Die Kämpen dürfen nicht selbst an der Illusion teilnehmen!«, schnarrte sie. »Und ich weiß zwar nicht, was das sein soll, in das Ihr Euch verwandelt habt, aber ich versichere Euch, dass es ein Scheusal ist. Hat man Euch nicht gesagt, dass diese Trugbilder schön sein sollen?«

»Ich bin ein Drache«, erwiderte Schönheit mit großer Ruhe, »und ich bin schön. Wenn Schönheit allerdings das Hauptmerkmal dieses Wettstreits ist, erkenne ich unschwer, warum Ihr ausscheidet – obwohl Ihr als vereister Baum über einen gewissen Reiz verfügt habt.«

»Ihr seid scheußlich, schuppig und ganz und gar widerwärtig!«, zischte Mirwen. »Ihr wollt eine Zauberin sein? Jede Hinterhofhexe hat mehr Geschmack!«

»Das kann ich wirklich nicht beurteilen«, überlegte Schönheit laut. »Es ist lange her, dass ich eine Hinterhofhexe verspeist habe, und ich fürchte, ich habe den genauen Geschmack vergessen. Nun ja ... wenn sie gut gebraten sind, schmecken die meisten Menschen recht ähnlich.«

»Das ist nicht komisch!« Mirwen schrie nun fast. »Ich lasse mich von Euch nicht zur Närrin machen!«

»Mein liebes Mädchen«, versetzte Schönheit sichtlich amüsiert, »das brauche ich auch gar nicht. Ihr könnt es selbst viel besser.«

Darüber musste sogar Lythande lachen, obwohl sie daran zweifelte, dass es in dem brüllenden Gelächter der ganzen Halle jemand hören konnte. Tashgan krümmte sich fast, und hinter ihm sah Lythande Samt. Man konnte nicht bestreiten, dass das Mädchen wohlerzogen war; sie saß noch immer in aufrechter Haltung da und zeigte eine einigermaßen gefasste Miene. Lythande, die von der Seite auf sie blickte, konnte allerdings gut erkennen, dass Samt sich auf die Innenseite ihrer Wangen biss, um nicht laut über ihre Hofdame zu lachen. Zu schade, dass Tashgan nicht über die gleiche Zurückhaltung verfügte.

Unglücklicherweise war die Tatsache, dass man sie auslachte, etwas, das Mirwen offenkundig nicht ertragen konnte. Sie riss einen Dolch aus dem Ärmel und stürzte sich auf Schönheit. Lythande wollte sich dazwischenwerfen und bekam gerade noch den Rand eines Feuerstoßes ab, der Frau Mirwen zu Asche verbrannte. Die Flammen waren jedoch sorgfältig gezielt, um die Hochtafel nicht zu treffen, darum verfehlten sie Lythandes Gesicht und streiften nur die Seite ihres Mantels. Da dieser feuerfest war, entstand kein Schaden, außer an Frau Mirwen – und Samt.

Denn sowie Frau Mirwen zum Aschenhaufen wurde, verschwand der Trugzauber von Samts Erscheinung. Sie und Lythande standen einander gegenüber, und als Samt den Gesichtsausdruck der anderen sah, begriff sie sofort, was geschehen war. Mit der raschen Intelligenz, die Lythande von Anfang an bei ihr vermutet hatte, schnappte sie nach Luft und simulierte aufs Vorzüglichste eine Ohnmacht. Anmutig hingegossen sank sie zu Boden, wobei einer der langen Schleppenärmel vollständig ihr Gesicht verbarg. Sogleich scharten sich Eirthes Salamander um die Prinzessin, und ihre schillernden, blendenden Farben machten es fast unmöglich, Samt genau zu erkennen.

Schönheit war, ohne dass auch nur ein Haar am falschen Platz gesessen hätte, zu ihrer menschlichen Gestalt zurückgekehrt. Ohne auf die völlige Verwirrung der Zuschauer zu achten, löste sie mit einer nachlässigen Handbewegung die Illusion auf und eilte zu Lythande auf das Podium. Von der anderen Seite kam Eirthe herbei, um sich zusammen mit ihren Salamandern über Samts hingestreckten Körper zu beugen.

»Was ist passiert?«, fragte Tashgan und sah bestürzt auf Samt hinunter. »Fehlt ihr etwas?«

»Sie hat gerade den Tod ihrer Erzieherin miterlebt, Herr«, bemerkte der Kanzler und betrachtete Samt ebenfalls. »Das muss ein großer Schreck gewesen sein.« Stirnrunzelnd musterte er das Durcheinander. »Kann jemand diese Salamander vertreiben?«

»Sie mögen die Prinzessin«, erklärte Eirthe. »Sie wollen sie nur beschützen.«

»Und zwar durchaus erfolgreich«, fügte Lythande hinzu. »Solange sie da sind, wird niemand auf das arme Kind treten. Mit Eurer Erlaubnis, mein Fürst«, sie verneigte sich vor Tashgan, »werden Eirthe und ich Eure Gemahlin in ihre Gemächer bringen. Sie hat gerade ihre einzige Gefährtin aus der Heimat vor ihren Augen verbrennen sehen; sie braucht Zeit, um sich zu beruhigen.«

»Ja, natürlich.« Tashgan machte einen verwirrten Eindruck.

»Es ist alles ein bisschen zu viel für ihn«, schaltete Schönheit sich ein und goss einen Weinkelch für Tashgan voll. »Trinkt das, lieber Junge, und setzt Euch ein wenig still hin, während man sich Eurer Gemahlin annimmt.« Sie warf Lythande einen scharfen Blick zu. Diese machte sich gehorsam daran,

Samt aufzuheben, dankbar, dass das Mädchen schlank und leicht zu tragen war. Als sie Eirthe zu Samts Gemach folgte, hörte sie noch, wie Schönheit befahl, man möge ihr ihre Laute bringen. Gut, dachte Lythande. Bis sie aufhört zu spielen, weiß keiner von diesen Leuten mehr, was er gerade gesehen hat – und es kümmert auch keinen.

In Samts Gemach angekommen, ließ Lythande das Mädchen ohne weitere Umstände auf sein Bett fallen. Die Salamander rückten auf eine Seite.

»ALLES IN ORDNUNG, Prinzessin. Ihr könnt jetzt aufwachen.«
Sofort öffneten sich Samts Augen. Als sie sich jedoch aufsetzen wollte, schwankte sie, und Lythande musste sie stützen.
»Nicht so schnell«, sagte Eirthe und gab Samt einen Pokal mit verdünnten Wein. »Es war ein recht ereignisreicher Tag für Euch.«
»Es geht mir gut«, erklärte Samt. »Ich bin nicht wirklich ohnmächtig geworden.«
»Nein?«, fragte Eirthe verblüfft.
Lythande gluckste vor sich hin. »Wenn sie es je satt bekommt, Herrin von Tschardain zu sein, kann sie zur Bühne gehen. Das war so gut gespielt, wie ich es nur je gesehen habe. Und ein hervorragendes Gefühl für den richtigen Augenblick.«
»Aber warum ...«, setzte Eirthe an und begriff. »Natürlich! Mit Mirwens Tod löste sich der Zauber.«
»Nicht wahr, so war es?«, fragte Samt. »Ich dachte es mir, als ich sah, wie Lythande mich anschaute – habe ich wieder mein ursprüngliches Gesicht?«
»O ja«, versicherte Eirthe. »Ihr seht genauso aus wie auf der ersten Kerze, die ich von Euch schnitzte.«
»Die erste Kerze?«, wiederholte Lythande.
»Ja. Ich habe dann eine zweite angefertigt, die zu dem Trugbild passte«, erläuterte Eirthe. »Ich wusste

ja nicht, wie sie aussehen würde, wenn die Zeit kam, die Kerzen aufzustellen.«

»Was wurde aus der Kerze von Mirwen?«, erkundigte sich Lythande.

»Die habe ich noch. Ich werde sie heute Abend abbrennen. Ich wollte es nur nicht tun, solange Mirwen lebte, denn diese Kerze ist ein magisches Abbild.«

»Könnte ich sie bekommen?«, fragte Samt. »Ich würde sie gern selbst verbrennen.«

Eirthe warf einen Blick auf Lythande, die nickte. »Selbstverständlich, Prinzessin, wenn Ihr Euch dann besser fühlt.«

»Ganz bestimmt«, versetzte Samt grimmig. »Und nun zu meinem Äußeren …«

Sie brach ab, als Tashgan hereinkam, gefolgt von Schönheit und dem Kanzler.

»Prinzessin«, begann der Kanzler förmlich, »ich hoffe, dass Ihr Euch erholt habt.«

Samt wollte antworten, aber bevor sie auch nur ein Wort herausgebracht hatte, riss Tashgan den Mund auf und schnappte nach Luft.

»Was ist Euch widerfahren?«, rief er entsetzt.

»Was denn?« Der Kanzler starrte ihn verdutzt an.

»Seht Euch ihr Gesicht an!«, platzte Tashgan heraus.

Der sichtlich verwirrte Kanzler betrachtete Samt und kniff dabei beide Augen zusammen, um sie deutlicher wahrzunehmen. »Was stimmt denn nicht daran?«, fragte er. »Ich finde es wundervoll.«

Er ist kurzsichtig, begriff Lythande. Für ihn sieht sie

unverändert aus. Zu schade, dass Tashgan so scharfe Augen hat.
»Frau Mirwen hatte sie verzaubert«, erläuterte sie rasch.
»Ihr könnt es doch umkehren, oder nicht?«, drängte Tashgan. »Ihr habt gesagt, Ihr könntet jeden Zauber dieser Frau aufheben.«
»Nun ja«, erwiderte Lythande vorsichtig. »Ich kann sie wieder so machen, wie sie heute Morgen war, wenn Ihr das wünscht. Aber der Zauber verändert nur ihre äußere Erscheinung. Sie ist weder krank noch verletzt und noch genau derselbe Mensch wie vorher. Ist ihr Äußeres denn so wichtig?«
»Allerdings ist es das!«, knurrte Tashgan bissig. Samt hatte die Augen niedergeschlagen. »Ich kann nicht zulassen, dass das Volk sagt, die Hochzeit mit mir hätte sie in eine alte Hexe verwandelt.«
Eirthe holte mit empörtem Schnauben Luft und trat so dicht vor Tashgan, dass sich fast ihre Nasen berührten. »Sie ist keine alte Hexe, und das war eine dumme und beleidigende Bemerkung!«
»Ich finde keinen Mangel an der Erscheinung Eurer Gemahlin«, stellte jetzt Schönheit gelassen fest.
»Lythande.« Tashgan bemühte sich sichtlich um Verständnis von Mann zu Mann. »Ihr versteht mich. Ihr wisst, wie wichtig mir eine schöne Umgebung ist.«
Lythande seufzte und schaute zu Samt hinüber. Das Mädchen blickte auf, blinzelte die Tränen fort und nickte. »Ja, Tashgan«, sagte Lythande und seufzte.

noch einmal, »ich verstehe Euch. Ich kann ihr Gesicht zurückverwandeln. Aber es hängt von Euch ab, ob sie so schön bleibt.«

»Was meint Ihr?«, fragte der Prinz.

»Das Wichtigste für die Schönheit einer Ehefrau ist die Liebe ihres Gatten«, erklärte Lythande. »Ihr müsst Ihr mit Liebe und Achtung begegnen und dürft darin niemals nachlassen, sonst wird ihre Schönheit nicht von Dauer sein.«

»Fürst Tashgan! Es gibt doch sicher wichtigere Dinge, über die Ihr Euch Sorgen machen müsst. Kommt es wirklich darauf an, wie sie aussieht?«, mischte der Kanzler sich ungeduldig ein.

»Ja, das tut es«, entgegnete Tashgan prompt und schaute Lythande bittend an. »Verwandelt sie zurück, bitte, und ich werde alles tun, was nötig ist, damit der Zauber in Kraft bleibt.«

»Sofern Eure Gemahlin einverstanden ist«, sagte Lythande.

»Wie mein Herr befiehlt«, erklärte Samt rasch. »Vielleicht wäre es aber am besten, wenn Ihr alle an die Festtafel zurückkehren würdet. Ich denke, dass es für heute genug Aufregung gegeben hat.«

»Sehr richtig, Hoheit.« Der Kanzler nickte und verließ den Raum.

»Sie hat Recht, lieber Junge«, fiel Schönheit ein und nahm Tashgans Arm. »Gehen wir zurück zum Bankett. Eure Braut kann uns folgen, sobald sie dazu in der Lage ist.«

Tashgan war einverstanden. »Bringt ihr Gesicht in

Ordnung, bevor sie herunterkommt«, befahl er Lythande. Schönheit zerrte ihn hinaus, und Samt sank wieder auf ihr Bett zurück.

»Ich verstehe jetzt, was Ihr gemeint habt, Eirthe«, seufzte sie, »als Ihr mir sagtet, ich solle mir etwas ausdenken, um ihm die Veränderung meines Äußeren zu erklären, und mir Glück dazu wünschtet. Es gibt keinen Weg, nicht wahr?«

»Ich kenne Tashgan seit über zehn Jahren und wüsste keinen«, gestand Eirthe. »Lythande?«

»Ich fürchte, er neigt dazu, andere Menschen recht oberflächlich zu betrachten«, bestätigte die Zauberin.

»Und das heißt nein, oder?« Samt lächelte schwach. »Nun, wenn mein Gemahl es so will, werde ich gehorchen – vor allem, weil er die Ehe immer noch rückgängig machen kann, wenn er sich dazu entschließt.«

»Wie bitte?«, fragte Eirthe.

»Eine Ehe muss vollzogen werden, um gültig zu sein«, erläuterte Lythande. »Bis dahin kann man sie ganz leicht wieder aufheben.«

»Vor allem, nachdem meine Hofdame versucht hat, seine Kämpin umzubringen«, fügte Samt spöttisch hinzu. »Heute war ein ziemlich anstrengender Tag, und die Nacht steht mir auch noch bevor.«

»Tashgan hat gesagt, an seinen Hochzeitstag würde man sich noch lange erinnern«, meinte Lythande.

»Jedenfalls glaube ich nicht, dass ich ihn je vergessen werde«, bemerkte Samt. »Ich habe noch nie einen Wettstreit der Illusionen wie diesen gesehen. Dabei ist mir immer noch nicht klar, wie Frau Schönheit es geschafft hat, Mirwen zu töten – nicht, dass ich mich beschweren möchte. Aber Mirwen muss doch gewusst haben, dass die Illusion eines Feuers nicht verbrennen kann – warum hat es sie dann eingeäschert?«

»Weil es keine Illusion war«, antwortete Lythande.

»Natürlich war es eine«, entgegnete Samt verwundert. »Nur darum geht es doch bei diesem Wettbewerb. Ihr wollt mir doch nicht weismachen, dass Tashgan und ich an zwei Orten gleichzeitig und das Einhorn und die anderen Tiere wirklich vorhanden waren.«

»Das waren Illusionen«, bestätigte Lythande. »Der Drache war echt. Ist echt. Schönheit ist ein Werdrache.«

»Schönheit ist ein Werdrache.« Samt war so erschrocken, dass sie die Tatsache wie betäubt zur Kenntnis nahm.

»Ja, aber lasst Euch nicht anmerken, dass Ihr es wisst«, riet Eirthe. »Seid einfach sehr höflich zu ihr und achtet darauf, ihrer Musik stets mit gebührender Hochachtung zu lauschen.«

»Sie ist eine wundervolle Musikerin«, meinte Samt.

»Ein paar Jahrhunderte Üben haben noch keinem geschadet«, bemerkte Lythande.

»Ein Werdrache«, wiederholte Samt kopfschüttelnd. »In gewisser Weise ist das eine Erleichterung. Ich fürchtete schon, Tashgan hätte sie lieber als mich und würde unsere Ehe aufheben, um sie zu heiraten. Aber das ist dann wohl Unsinn.«

»Ich glaube, er möchte menschliche Erben«, gab Lythande zu bedenken. »Außerdem würde Schönheit ihn wohl nicht haben wollen. Für sie ist er nur eine vorübergehende Zerstreuung. Beim Essen hat sie mir erklärt, dass die Menschen so schnell kommen und gehen, und aus ihrer Sicht tun sie das ja auch.«

»Ja.« Samt dachte darüber nach. »Nach ein paar Jahrhunderten sehen wir für sie vermutlich alle gleich aus …« Sie verstummte und blickte zu Lythande auf. »Was sie da gesagt hat – sie hätte in letzter Zeit keine Hinterhofhexe gegessen –, das war also kein Scherz?«

»Ich bin sicher, dass sie in letzter Zeit niemand gefressen hat«, beruhigte Lythande, »aber ich halte es trotzdem für einen Scherz. Sie hat durchaus Sinn für Humor, wenn auch für einen recht vertrackten. Jedenfalls ist sie Realistin genug, um zu wissen, dass Tashgan eine Menschenfrau braucht. Solange Ihr sie also nicht ärgert, braucht Ihr Euch ihretwegen keine Sorgen zu machen. Wahrscheinlich wird sie für Eure Kinder die Rolle der liebevollen Tante spielen.«

»Meine Kinder«, seufzte Samt. »Der Sinn dieser ganzen Heirat. Aber ich hatte gehofft, wenn ich schon heiraten müsste, dann einen Mann, der mich wenigstens als Mensch lieben lernen würde.«

»Gebt Tashgan ein wenig Zeit«, tröstete Eirthe. »Er ist nicht immer so schlimm wie heute.«

»Aber zuerst müssen wir ihre Erscheinung wieder so

verändern, dass er sie lange genug anschaut, um sie überhaupt kennen zu lernen«, stellte Lythande fest. »Hol doch bitte deine Figurenkerzen.«

Eirthe nickte und eilte davon.

»Vielleicht wird er mich ja mit der Zeit mögen«, meinte Samt sehnsüchtig. »Das kleine Mädchen schien er jedenfalls niedlich zu finden, und es kam nach mir.«

»Ganz bestimmt«, machte Lythande ihr Mut. »Er hat einen etwas seichten Charakter, aber sein Herz ist gut.«

»Ich hoffe, Ihr habt Recht.«

»Und nun, Prinzessin«, fragte Lythande, »ist es wirklich Euer Wunsch, dass ich Euch wieder so aussehen lasse wie unter Mirwens Zauber?«

»Ja.« Samt nickte schicksalsergeben. »Wenigstens brauche ich mich ja nicht selbst zu betrachten. Ich muss nur daran denken, dass das, was die Leute sehen, wenn sie mich anblicken, nicht echt und ihr Eindruck von mir falsch ist.«

»Nur der erste Eindruck«, erinnerte Lythande sie. »Ihr bleibt derselbe Mensch, und wenn sie Euch erst, und sei es auch nur kurz, kennen gelernt haben, wird es das sein, worauf es ankommt.«

»Jetzt, wo ich verheiratet bin, finde ich mein Äußeres nicht mehr besonders wichtig – solange es meinem Gemahl gefällt. Es ist nur schade, dass er das Trugbild vorzieht.«

»Eure Aufgabe ist es, die Ehe zu vollziehen, Euch nach drei Tagen an seiner Seite krönen zu lassen und Kinder zu gebären«, zählte Lythande auf. »Der Zau-

ber ist nur Mittel zum Zweck. Und vergesst nicht, dass Tashgan die Illusion für die Wirklichkeit hält.«
»Tatsächlich?«
»Er versteht nicht viel von Zauberei und hält Schönheit für einen natürlichen Zustand. Er glaubt, Frau Mirwen habe Euch verzaubert, als sie starb.«
»Aber sie starb fast sofort und hatte keinerlei Vorahnung«, wandte Samt ein. »Außerdem dachte sie an ganz andere Dinge.«
»Tashgan ist kein großer Denker.«
»Oder auch nur ein kleiner«, fiel Eirthe ein, die mit den Kerzen zurückkam. »Hier, Lythande. Ich wusste nicht recht, welche du brauchtest, und wollte sie auch nicht unbeaufsichtigt lassen, darum habe ich alle mitgebracht.« Sie öffnete die Kästchen und stellte die Kerzen auf den Tisch.
»Nimm Tashgan erst einmal wieder weg«, sagte Lythande. »Wir brauchen ihn nicht.«
Eirthe packte die Tashgan-Kerze sorgsam wieder ein. »Er wird beim Festmahl benötigt. Aber Mirwen brauchen wir nicht mehr.« Sie legte die Spinnenkerze in ihre Schachtel und gab sie Samt. »Da habt Ihr sie. Tut damit, was Ihr wollt.«
Die beiden Gestalten von Samt standen jetzt nebeneinander vor Lythande auf dem Tisch. Lythande stellte einen Stuhl hinter sie und winkte Samt, darauf Platz zu nehmen. Hinter der Prinzessin reihten sich oben an der Zimmerdecke die Salamander auf, mit Ausnahme von Alnath, die zu Eirthe auf die andere Seite des Gemachs flog.

»Eirthe, Alnath – würdet ihr bitte die Tür bewachen?«, forderte Lythande sie auf. »Ich möchte bei der Arbeit nicht gestört werden.«
Eirthe nickte, verließ mit Alnath den Raum und schloss von außen die Tür.
Lythande betrachtete die bleiche und unruhige Prinzessin. »Versucht Euch zu entspannen, Samt. Es wird nicht wehtun, und solange Ihr nicht in den Spiegel schaut, werdet Ihr den Unterschied gar nicht merken.« Sie entzündete mit Zauberfeuer die Kerze, die Samts wahres Abbild zeigte.
Als das Wachs zu schmelzen begann, fing Samt an zu weinen. »Doch werde ich ihn merken«, schluchzte sie. »Selbst ohne Spiegel werde ich jedes Mal daran denken, wenn ich meinem Gemahl in die Augen schaue.«
»Versucht zu vergessen«, empfahl Lythande und sah zu, wie Wachstränen über das Gesicht der Kerze rollten und in die Falten des Kleides glitten. »Ihr seid die Einzige, der die Erinnerung wehtun kann.«
Sie hörte das Echo von Eirthes Stimme: Samt wird Vor- und Nachteile davon haben.
Samt weinte die ganze Zeit bis die Kerze heruntergebrannt war, hörte aber sofort auf, als das Wachs verzehrt war. Nun war nur noch die Kerze mit dem Bild übrig, das Tashgan vorzog, und die lebendige Prinzessin, die ihm glich.
»Werde ich nun immer so aussehen?«, fragte Samt.
»Ja.« Lythande nickte. »Versucht es als Hochzeitsgeschenk zu nehmen und das Beste daraus zu machen.«

»Es ist komisch«, meinte Samt. »Ich habe mir nie Schönheit gewünscht – ich hielt Verstand immer für wichtiger.«
»Das finde ich auch«, bestätigte Lythande. »Doch nun habt Ihr beides.«
Samt lächelte matt. Auf ihrem neuen Gesicht wirkte es wie ein Strahlen. »Ich danke Euch, edler Herr Zauberer.«
Eirthe und Alnath kamen wieder herein. »Fertig?«, erkundigte Eirthe sich munter.
»Das weißt du doch ganz genau«, antwortete Lythande, »sonst wärst du nicht hereingekommen.« Sie blickte auf. »Vermutlich haben es dir die Salamander verraten.«
»Natürlich.« Eirthe nickte den Salamandern zu, die immer noch an der Decke schwebten. Einer von ihnen löste sich aus der Gruppe und flog nach unten, um über Samts rechter Schulter zu verharren. »Das ist Caldon«, erklärte Eirthe. »Er möchte bei Euch bleiben, Prinzessin. Würdet Ihr ihn als Hochzeitsgeschenk annehmen?«
Samt drehte den Kopf und lächelte den Salamander an. »Willkommen, Caldon. Ich freue mich, wenn du hier bleibst.« Sie wandte sich wieder an die Wachszieherin. »Vielen Dank, Eirthe. Nun werde ich mich hier nicht mehr so allein fühlen.«
Eirthe packte die übrig gebliebene Kerze ein. »Schön, dass Ihr ihn mögt. Nicht jeder hat etwas übrig für Salamander.«
Lythande erhöhte stillschweigend den Zauber auf

Samts Haut um einen neuen Grad von Widerstandsfähigkeit gegen Verbrennungen, als die Prinzessin einen vorsichtigen Finger ausstreckte, um Caldon zu streicheln. Samt drehte die Hand um, und Caldon schwebte über ihrer Handfläche.
Schließlich stand sie auf und setzte den kleinen Salamander in die Luft neben ihrer rechten Schulter. »Zeit für mich, an die Hochzeitstafel zurückzukehren«, verkündete sie entschlossen. »Ich habe einen Gemahl zu bezaubern.«

ZWEI TAGE SPÄTER standen Lythande und Schönheit zusammen in der Halle und packten nach einem weiteren Abend musikalischer Duelle ihre Lauten ein. »Das wird mir fehlen«, gestand Lythande. »Ich genieße es wirklich, mit Euch zu spielen.« Sie holte tief Atem und stellte die Frage, die ihr seit Schönheits Ankunft auf den Lippen brannte. »Reist Ihr morgen ab?«

Schönheit hob die Brauen. »Und versäume die Krönung meines lieben Tashgan?« Wieder einmal begegnete Lythande dem »Ich-weiß-was-du-denkst«-Lächeln des Werdrachen. »Lieber Junge! Ich habe vor, noch mindestens eine Woche hier zu bleiben.«

Marion Zimmer Bradley

Die Feuer von Troia
Roman
Aus dem Amerikanischen von Manfred Ohl und Hans Sartorius
Band 10287

Luchsmond
Erzählungen
Aus dem Amerikanischen von V. C. Harksen und Lore Straßl
Band 11444

Lythande
Erzählungen
Aus dem Amerikanischen von V. C. Harksen und Lore Straßl
Band 10943

Die Wälder von Albion
Roman
Aus dem Amerikanischen von Manfred Ohl und Hans Sartorius
Band 12748

Die Herrin von Avalon
Roman
Aus dem Amerikanischen von Manfred Ohl und Hans Sartorius
Band 14222

Die Nebel von Avalon
Roman
Aus dem Amerikanischen von Manfred Ohl und Hans Sartorius
Band 8222

Die Avalon-Triologie ist auch in einer Kassette lieferbar:
Drei Romane. Band 14411

Fischer Taschenbuch Verlag

fi 1588 / 13